엄마의 꿈

엄마의 꿈

박경림이 만난 꿈꾸는 엄마들

이영희 홍은희 임오경 신은정
최태지 심재명 황연정 전수경
유난희 하성란 박은혜 한해원
최윤영 신의진 채시라 전주원
송경애 김향안 엄마도 꿈이 있단다

문학동네

빌리버^{Believer}
끝까지 언제나 믿어주는 그대

  '엄마'라는 단어만큼 포근하고 미안하고 편안하고 따뜻하고 사랑스러운 이름이 또 있을까. 그저 사람이 좋고, 사람이 고맙고, 사람들 안에서 행복하던 내가 엄마가 되었다. 그리고 엄마로 한 해, 두 해를 겪어가면서 엄마도 사람이었음을 새삼 느낀다.

  '엄마 사람……'

  결혼하기 전까지 내게 엄마는 여자도, 사람도, 누구도 아닌 그냥 엄마였는데, 엄마로 살아보니 엄마가 얼마나 사람인지, 사람이어야 하는지, 사람일 수밖에 없는지 자꾸 눈물이 난다.

  그렇게 몇 년간 나는 나의 엄마가 새삼 궁금해졌고, 이 땅의 엄마들을 들여다보게 되었다.

'엄마도 꿈이 있단다'라는 슬로건으로 경력단절 여성들이나 엄마들의 꿈에 대해 이야기해보는 프로젝트를 제안받고 선뜻 시작한 것은 그 때문이었다.

모성은 본능이라고 하지만, 누구나 같은 만큼의 본능을 가지고 있는 건 아닌 것 같다. 내 일을 하면서 남편과 아이를 돌보고, 친정부모와 시부모를 모시고, 그 밖의 많은 가족들과 관계를 맺는 일이 자연스럽고 거뜬하지만은 않으니 말이다.

다만 마음으로 널 믿고 응원하마
:

결혼을 하고, 많은 엄마들과 가슴을 울리는 만남을 거듭하면서, 나는 점점 더 '나의 엄마'에 대해 생각해보게 되었다. 그전까지 나는 솔직히 우리 엄마에 대해 곰곰이 생각해본 적이 없었다. 그저 철이 들면서 엄마에게 뭘 해드릴까, 어떻게 보답할까 생각했던 게 다였던 것 같다. 엄마가 사람으로, 여자로 어떤 인생을 살아왔고 어떤 마음일지 깊이 생각해본 적이 없었던 거다. 엄마에 대해 생각하면서 아프게도 나는, 엄마에 대해 생각보다 많은 추억을 가지고 있지 못하다는 것을 깨달았다.

초등학교 6학년 회장 선거에 붙어 신이 나 집에 온 나에게 엄마는 한숨을 내쉬며 이렇게 말씀하셨다.

"엄마는 해줄 수 있는 게 없다. 다만, 마음으로 늘 너를 믿고 응원은 하마."

그때부터였다. 나는 나의 꿈을 위해, 내 꿈만을 생각하고, 내 꿈이 이루어질 날만을 상상하며 하루하루 정말 열심히, 바쁘게 살았다. 아무도 대신 꿔주지 않는 내 꿈을 위해 나는 뭐든 스스로 알아서 해야 했다. 사고 싶은 것, 배우고 싶은 것이 있으면, 알아서 돈을 벌어야 했고, 스스로 길을 찾아야 했다. 그날 이후로 엄마는 정말 내게 아무 잔소리도, 걱정의 말도 하지 않으셨다. 그래서 나는 엄마를 신경쓸 필요가 없었다. 문득 그런 생각이 든다. 그건, 괜찮았던 걸까. 그래도 됐던 걸까.

내 꿈을 이룬다고 나는 엄마의 마음을 돌볼 생각은 해보지도 않았다. 아무도 도와주지 않는 나, 나는 나 자신만 돌보기에도 벅찼다. 그러나 서른 중반을 넘어 마흔을 바라보는 나이가 되니, 그때 우리 엄마가 이렇게 젊은 여자였나 싶다. 그리고 어떻게 엄마는 그 시간들을 신음 소리 한번 안 내며 다 견뎌낸 건지 믿어지지가 않는다. 엄마는 힘들었을 테고, 벅찼을 테고, 분명 힘든 표정으로, 깊은 한숨으로 하루하루를 버텼을 테다. 내가 엄마의 일그러진 표정을, 훔치는 눈물을, 새어나오는 한숨 소리를 듣지 못했을 뿐일 게다.

어떻게 나는 아무것도 모를 수가 있었을까
:

어릴 때, 나는 엄마보다 아빠와 더 많은 얘기를 나눴다. 나뿐만 아니라 오빠나 언니들도 학교생활이건 진학문제건 아빠랑 더 많이 의논하고 허락을 받곤 했다. 아빠가 우리한테 관심이 더 많아서 그러셨

겠거니, 사실 별로 깊게 생각해본 적이 없었다.

엄마는 우리가 뭔가를 물어보면 늘 '아빠한테 말하라'며 이야기를 자세히 들어주려 하지 않으셨다. 알림장이든 가정통신문이든 우리는 늘 아빠께 보여드리고 사인을 받았다. 학교에 같이 가는 것도 항상 아빠였다. 어쩌다 술이라도 드시는 날엔 집에 와서 술주정을 하시던 아빠 때문에 나는 엄마가 늘 불쌍하다는 생각은 했지만, 그뿐이었다. 엄마가 아빠 때문에, 가난 때문에 힘들어서 그러나보다 했다.

스무 살이 넘어서야 나는 엄마의 비밀을 알게 되었다. 엄마가 글을 모른다는 사실을 말이다. 엄마는 자신이 글을 읽을 줄 모른다는 사실을 우리에게 들킬까봐 늘 전전긍긍하셨던 거다. 얼마나 불안하고, 조마조마하고, 자존심 상하고, 또 가슴 아팠을까. 지금도 그때 엄마의 마음이 어땠을지 생각하면 나는 속절없이 가슴이 무너진다.

내가 방송에 데뷔하고 얼굴이 알려지기 시작하자 하루는 엄마가 조용히 나를 불러 앉히셨다. 그리고도 한참을 머뭇거리던 엄마는 "엄마가 글을 모른다는 게 알려져서 너까지 창피하게 만들까봐 잠이 안 온다"면서 우셨다. 그러고는 글을 모른다는 사실을 평생 숨겨야 했던 엄마의 사연을, 상처로 얼룩진 그 마음을 내 앞에 펼쳐놓으셨다.

나는 "엄마, 그게 뭐 어때서요? 이제부터라도 글씨 배우시면 돼요. 제가 가르쳐드릴게요. 엄마는 아무것도 아닌 걸⋯⋯" 하며 함께 울었다. 엄마에게 한없이 미안했다. 어떻게 나는 아무것도 모를 수가, 어떻게 엄마를 이렇게도 모를 수 있나 싶어 울고 또 울기만 했다.

그날 이후, 엄마는 정말 열심히 공부하셨다. 글을 읽게 되고, 점점 당당해지는 게 정말 좋다고 하셨다. 혼자 돌아다닐 수도 있고, 혼자서 뭐든 할 수 있다는 게 신난다고 하셨다. 그러던 어느 날, 엄마가 내게 보낸 문자 한 통에 나는 또 펑펑 울어야 했다.

"막내딸, 엄마가 사랑한다."

엄마는 커서 뭐가 되고 싶어요?
:

어느 날, 아들 민준이가 내게 물었다.

"엄마는 커서 뭐가 되고 싶어요?"

그런 말을 하는 아이가 우습고 귀여우면서도, 난 왜 한 번도 엄마에게 이런 질문을 하지 못했을까 미안함에 눈물이 흘렀다. 그리고 이 땅의 많은 엄마들이, 그럼에도 불구하고 꿈꾸기를 바라는 마음이 간절해졌다. 이 땅의 많은 딸들을 대신해 우리의 엄마들에게 꼭 묻고 싶었다.

"엄마, 엄마 꿈은 뭐예요?"

나는 그간 각계각층의 많은 엄마들을 만났다. 그들은 모두 자신의 꿈을 소중히 간직하고, 결혼하고 아이를 기르면서도, 자신의 꿈을 위한 노력을 게을리하지 않는 멋진 엄마, 아름다운 아내들이었다. 엄마로, 아내로, 딸로, 며느리로, 직업인으로 1인 4역, 5역을 거뜬히 해내는 것처럼 보이는 그녀들은 힘들고 아프지만, 그럼에도 불구하고 가족을 위해, 자기 자신을 위해 오뚝이처럼 일어서는 강한 여자들이었다.

그러나 그토록 강인한 그녀들도 정작 그녀들의 엄마의 꿈은 알지 못한다는 사실에 눈시울을 붉혔다. 모두 자신의 엄마에게 감사했고, 엄마가 아니었다면 지금의 나도 없었을 거라고 말했지만, 엄마는 꿈이 뭐였는지 아무도, 한 번도 물어보지 않았다고 했다.

우리는 같은 여자로, 딸로, 엄마로, 우리가 엄마에게 당연히 받은 그 도움들에 당혹스러웠다. 그녀들은 하나같이 '엄마도 꿈이 있단다'라는 슬로건이 마음에 들지 않는다고 했다. '엄마도'라니…… 엄마도 사람이고 당연히 꿈이 있는데 왜 '엄마는'이 아니고 '엄마도'여야 하는지 안타까웠다. 그러니 우리의 엄마, 아니 그 엄마의 엄마도 당연히 꿈이 있었을 터다.

엄마의 꿈은 배우였다

:

지난해 엄마와 딸이 함께하는 TV프로그램에 출연한 적이 있다. 나는 연예인이니 대중들에게 사랑도 질타도 받을 수 있지만, 가족들에겐 절대 피해를 주고 싶지 않아서 평소 가족들이 언론에 공개되지 않도록 신경쓰는 나는 PD의 간곡한 요청과 기획의도를 듣고 조심스럽게 엄마에게 의사를 물었다. 그런데 예상과 다르게 엄마는 흔쾌히 방송 출연을 허락하셨다. 그리고 결혼하고 한 달에 한 번도 친정에 가기 힘들던 나는 몇 개월간 일주일에 한 번씩 엄마를 볼 수 있었다. 엄마를 자주 볼 수 있다는 것만으로도 좋았는데, 엄마는 나를 만나는 것 말고도 방송에 출연한다는 사실 자체를 정말 좋아하셨다. 그리고 나는 엄마의 꿈이 배우였다는 것을 처음 알게 되었다.

엄마는 어릴 때부터 작고 예쁜 얼굴 때문에 커서 배우 되라는 소리를 들으며 자라셨다. 머리가 좋아서 공부 욕심도 많았지만 학교를 제대로 다니지 못하셨다. 외할아버지는 계집애가 무슨 공부냐며 학교를 보내주지 않으셨고, 오빠들 따라 몰래 학교에 갔다가 외할아버지 손에 끌려온 적이 한두 번이 아니셨단다. 그때 창 너머로 보이던 교실의 커다란 칠판, 하얀 분필, 선생님과 아이들의 모습. 엄마는 그 풍경이 한없이 부러웠다며 한동안 말을 잇지 못하셨다.

글을 배우지 못한 엄마는 그후로 결혼하고, 우리를 낳아 키우는 내내 늘 주눅들고 서글펐다고 했다. 다 부끄럽고 창피해서 배우의 꿈은 잊은 지 오래였다고도 했다. 자식 잘 둬서 네 덕에 이렇게 방송국 구경도 하고, TV에도 나오니 꿈을 이룬 거나 다름없다며 엄마는 이른 아침을 해 드시고, 녹화 시작 두 시간도 전에 방송국에 도착하시곤 했다. 그 모습이 좋으면서도 짠해서 나는 자꾸 눈물이 났다.

꿈꾸는 엄마, 끝까지 믿고 지켜주는 사람
:

꿈꾸는 사람이 아름답듯 꿈꾸는 엄마도 당연히 아름답다. 우리 사회가, 우리 모두가 엄마들이 꿈꿀 수 있도록 우리의 엄마들을, 이 땅의 엄마들을 지켜주어야 한다.

엄마는, 그리고 아내는 인생의 가장 든든한 조력자다. 그들은 때때로 나에게 인생의 방향을 제시해주는 지도자이고, 늘 꿈꾸는 사람들이며, 그렇게 나를 꿈꾸게 하는 자들이다. 그들은 늘 나의 이야기를 귀기울여 들어주는 자이고, 때론 역경과 고난에 당당히 맞서는 도전자의 모습으로 내 삶에 영감과 용기를 불어넣어주는 사람들이며, 영원한 나의 동반자다.

엄마는 나를 늘 끝까지 믿어주고, 그래도 믿어주는 사람이다. 나도 그런 엄마, 그런 아내, 그런 사람이 되고 싶다. 그래서 믿어주고, 그래도 믿어주고, 그렇지만 믿어주고, 그럼에도 불구하고 믿어주는 사람. 나의 엄마가 내게 그랬던 것처럼 나도 나의 아이에게, 남편에게, 가족들에게, 더 많은 사람들에게, 늘 믿어주는 사람이 되고 싶다.

글을 마무리하는 지금, '엄마'란 내게 여전히 미안하고 가슴 아프고 고맙기만 한 단어다. 그러나 앞으로는 나뿐만 아니라 누구와도 '엄마'를 생각하면, 미안하고 안쓰럽고 눈물 나기보다 기쁘고 신나고 행복해지면 좋겠다. 그러려면 이 땅의 모든 엄마들이 더 열심히 꿈꾸고 더 신나게 꿈꿀 수 있어야 한다.

그리고 나는 이 땅 모든 '엄마들의 엄마'가 되어 우리의 엄마들이 그랬던 것처럼 그들의 꿈을 응원하고, 그들의 꿈에 귀기울이고, 그들이 꿈을 이룰 것을 변함없이 믿으며, 늘 그들과 함께할 것이다.

'신은 모든 곳에 있을 수 없어, 어머니를 대신 보내셨다'는 탈무드의 이야기를 떠올리며, 나는 우리의 엄마들에게도 엄마 같은 존재가 여전히, 더 절실히 필요하다고 되뇌어본다.

그대 내게 기대어 꿈을 꾸고, 그 꿈을 위해 날아올라요.

웃어요, 꿈꿔요, 날아요, 어여쁜 그대……

2014년 12월
박경림

차 례

책머리에 빌리버Believer, 끝까지 언제나 믿어주는 그대 .. 005

무엇을 시작하기에 늦은 나이란 없다 다만 늦은 마음이 있을 뿐이다
마흔에 생애 가장 아름다운 쇼를 시작한 엄마 : 한복 디자이너 이영희 .. 016

아들 둘, '진짜 사나이'로 키워보려구요!
국민 남편에게 휴가 받는 엄마 : 배우 홍은희 .. 034

지금, 아내와 엄마 노릇이 죽을 만큼 힘든 사람들에게
생애 가장 불행했던 순간들을 지나 금메달을 딴 엄마 : 여자 핸드볼 감독 임오경 .. 050

엄마가 되고, 나를 더욱더 사랑하게 되었다
아이를 낳고 더 크고 단단해진 세상을 이야기하는 엄마 : 배우 신은정 .. 068

80킬로그램의 엄마가 된 발레리나, 그녀는 예뻤다
발레리나와 두 아이를 키우는 주부의 삶을 나비처럼 오간 엄마 :
국립발레단 명예예술감독 최태지 .. 086

아이 하나 키우려면 온 마을이 필요하죠
딸에서 엄마로, 여성들의 이야기를 스크린에 그려낸 엄마 :
명필름 대표·영화제작자 심재명 .. 106

쌍둥이를 키우며 멋지게 하늘을 비행하는 법
편견의 구름을 헤치고 눈부시게 창공을 가르는 파일럿 엄마 : 대한항공 기장 황연정 .. 124

'완벽한 엄마'보다는 '행복한 엄마'가 좋아요
지금 이 순간, 노래하고 춤출 수 있어 행복한 엄마 : 뮤지컬 배우 전수경 .. 142

내 편은 달랑 나 하나, 그래도 꿈꿀 수밖에는
스물두 번의 좌절과 시대의 반대를 딛고 아름다운 독종이 된 엄마 : 쇼호스트 유난희 .. 158

아이를 부둥켜안고 자판을 두드리며
좁은 책상에서 세계의 상처를 기억하고 기록하는 엄마 : 작가 하성란 .. 176

엄마가 되자 더 깊고 넓어진 세상
스타가 되기보단 오래도록 삶을 연기하고픈 씩씩한 쌍둥이 엄마 : 배우 박은혜   .. 194

치열하고 유쾌한 엄마판 〈미생〉, 들어보실래요?
하우스푸어에서 재테크의 달인까지 여자의 한 수를 톡톡히 보여준 엄마 :
바둑기사 한해원   .. 214

우울해하는 아이, 매일 사표 쓰는 엄마
아이의 우울증, 나쁜 엄마 콤플렉스를 극복하고 꿈을 되찾은 엄마 : 방송인 최윤영   .. 232

눈물로 내게 온, 세상의 모든 아픈 아이들을 위하여
아프고 상처받은 아이들 곁에서 키를 낮추고 눈을 맞추는 엄마 :
소아정신과 의사·국회의원 신의진   .. 250

완벽한 엄마를 꿈꿨으나, 잘 내버려두는 게 답이었다
촬영장에 유축기를 들고 다니며 모유 수유를 한 프로 엄마 : 배우 채시라   .. 268

대한민국에서 워킹맘으로 산다는 것
포기도, 은퇴도 없이 24시 치열하게 살아가는 만인의 엄마 : 농구코치 전주원   .. 286

주말에도 일하던 엄마, 여자들을 위한 신의 직장 CEO가 되다
250만 원을 2500억 원으로 만들어 더불어 나누는 배포 큰 엄마 : SM C&C 대표 송경애   .. 304

두 사람의 천재를 사랑한 그녀, 별이 되다
사랑으로 모든 것을 극복하고 완성한 엄마 : 환기미술관 설립자 김향안   .. 322

무엇을 시작하기에
늦은 나이란 없다
다만 늦은 마음이
있을 뿐이다

마흔에 생애 가장 아름다운 쇼를 시작한 엄마_
한복 디자이너 **이영희**
Lee young hee

결혼하고 아이를 키우며 자신의 꿈을 향해 나아간다는 것은 여간 어려운 일이 아니다. 남편 내조에 자식 뒷바라지까지, 결코 쉬운 일이 아니기 때문이다. 그런데 마흔이 넘어 자신의 꿈을 찾은 엄마가 있다. 그리고 여든을 바라보는 지금, 그녀는 여전히 새로운 꿈을 꾼다.

아이들 다 키워놓고 자신의 일을 시작하니 더 좋았다는 그녀의 이야기는 아이 키우느라 자신의 꿈은 잊고 산 지 오래인 엄마들에게 희망과 용기를 주기에 충분했다.

"무엇을 시작하기에 늦은 나이란 없다. 다만 늦은 마음이 있을 뿐이다"라고 이야기하는 이영희 선생님과의 만남은 내게 깊은 감동과 깨달음을 준 시간이었다.

나이 마흔에 발견한 재능
:

그녀는 마흔 살까지 평범한 전업주부였다. 매일같이 밥하고, 빨래하며 여느 주부들처럼 살았다. 남편은 공무원이었다. 빠듯한 공무원 월급으로 아이들 과외공부까지 시키기는 어려웠다. 큰아이가 고등학생이 되자 과외가 필요한 과목이 생겼다. 그녀는 사촌언니가 보내주는 명주솜을 팔기 시작했다. 사촌언니 도와줄 겸 아들 과외비나 벌 겸 시작한 일이었는데, 그녀는 1년 동안 사촌언니의 명주솜을 천 개나 팔았다.

1년 정도 솜을 팔자니, 슬슬 싫증이 나기 시작했다. 솜만 파는 것보다 염색해서 이불을 만들어 팔면 이익도 많이 남고, 훨씬 재미있을 것 같다는 생각이 들었다. 그녀의 제안에 사촌언니도 좋아했다. 그렇게 염색한 이불을 팔기 시작했더니 솜만 팔 때보다 서너 배는 더 잘 팔렸다.

그녀는 어려서부터 어머니, 아버지가 직접 염색해서 지어주시는 저고리와 치마를 입고 자랐다. 어릴 때부터 보고 거들었기 때문에 염색 솜씨만은 자신 있었다. 천연염색으로 만든 그녀의 고운 이불은 날개 돋친 듯 팔려나갔다. 신이 났다. 그녀는 밤마다 이불을 지었다.

남편, 자식 아닌 더 많은 사람들을 위해
:

이불이 불티나게 팔리자 수유리에서 서교동에 있는 큰 집으로 이

사했다. 장성한 큰아들은 가끔 그때 얘기를 하며, 등하굣길에 엄마 심부름으로 자기가 몇 번이나 솜을 배달했다고 얘기한다. 아이들이 다 큰 뒤 일을 시작했기 때문에 확실히 일에만 전념하기에는 훨씬 좋은 조건이었다.

젊었을 때부터 일해야겠다는 생각을 계속해왔다면, 도리어 아이들 키우느라 자꾸 나이만 먹는 것이 불안했을지도 모른다. 하지만 그녀는 그저 밥하고 이불 꿰매고 빨래하던 주부였고, 이제 막 새로운 길에 들어선 참이었다. 평생 해오던 일, 오직 남편과 아이들만을 위한 일이 아니라, 더 많은 사람들을 만족시키는 일, 더 많은 사람들에게 인정받고 칭찬받는 일이 정말 좋았다.

아침 일찍 아이들 학교 보내고 남편 출근시킨 후에 후딱 설거지랑 집안 청소 해놓고, 빨리 염색하고 이불 만들 생각에 그녀는 날아갈 것만 같았다. 괜히 신이 나고 에너지가 마구 솟아올랐다. 그리고 일하면서 얻는 즐거움과 에너지의 크기는 80세를 바라보는 지금도 그때와 똑같다며 그녀는 미소지었다.

자식 다 키워놓고 일하니 더 좋았다
:

그즈음 사단법인 한복연합회라는 것이 생겼다. 10명의 한복 디자이너를 뽑아 패션쇼를 열어줬는데, 그녀의 한복이 가장 아름답다는 평가를 받고 방송사 인터뷰까지 하게 되면서 그녀는 일사천리로 한복 디자이너의 길로 들어서게 됐다.

아침 일찍 아이들 학교 보내고 남편 출근시킨 후에
후딱 설거지랑 집안 청소 해놓고,
빨리 염색하고 이불 만들 생각에
그녀는 날아갈 것만 같았다.
괜히 신이 나고 에너지가 마구 솟아올랐다.
그리고 일하면서 얻는 즐거움과 에너지의 크기는
80세를 바라보는 지금도 그때와 똑같다며 그녀는 미소지었다.

당시 그녀는 이불을 만들고 남는 천이 아까워 치마와 저고리를 지어 서교동의 유명한 한복집에 가져다가 팔았다. 그저 자투리천을 버리기 아까워 그녀의 어머님이 그랬던 것처럼 염색하고 옷을 지었을 뿐인데, 그 인기는 대단했다. 사람들은 세상에 이렇게 고운 옷은 처음 봤다며 그녀에게 자꾸 옷을 만들어달라고 했다. 디자인을 전공한 것도 아니고, 한복집에서 일한 경험도 없었는데, 사람들은 그녀의 한복에 매료됐다.

결국 그녀는 남편과 상의도 없이 자그마한 한복집을 차리게 되었고, 그녀의 한복집 앞에는 전국에서 찾아온 손님들이 줄지어 기다리기 시작했다. 그때부터 그녀의 남편은 딱히 뭘 도와주지는 않아도 그녀가 하는 일들을 모른 척해줬다. 아이들도 마찬가지였다. 엄마가 한복을 만들어 돈을 벌든, 그 돈을 몽땅 가져다 패션쇼에 쏟아붓든, 그건 엄마의 일이니 엄마가 알아서 할 문제라고 믿어준 것이다.

처음 파리에서 패션쇼를 할 때는 천하의 그녀도 걱정이 많았다. 그때 남편이 "당신이 만든 옷, 거기서도 알아줄 거야"라고 담담하게 건넨 한마디가 큰 도움이 됐다. 지금도 남편은 아무 말 없이 그녀의 패션쇼 한쪽에 앉아 그녀가 만든 옷을 보고, 그 옷을 좋아해주는 사람들을 본다. 그것만으로도 그녀에게는 여전히 큰 힘이 된다.

집념의 한복집 엄마, 파리를 뒤흔들다
:

그렇게 한복 가게를 차려 큰 성공을 거둔 그녀는 돈이 모이자 한복 패션쇼를 열어야겠다는 결심을 했다. 우리 옷의 아름다움을 한 명이라도 더 많은 사람들이 알아주었으면 하는 게 그녀의 바람이었다. 우리나라 사람들이 우리 한복의 아름다움을 대단하다고 여기지 않는 것이 안타까웠고, 세계 어디에 내놔도 이처럼 아름다운 옷을 만나기 어렵다는 확신이 그녀를 쇼에 집착하게 했다.

그녀는 한복으로 번 돈을 모두 한복 패션쇼에 쏟아부었다. 아직 한복 패션쇼가 생소하던 시절, 사람들은 무슨 한복으로 쇼를 하느냐고 코웃음을 쳤다. 우리 한복의 아름다움을 우리가 과소평가하다니, 가슴이 아팠다. 그래서 계속 쇼를 열어야만 했다.

1993년, 그녀는 한국 디자이너 최초로 세계적인 패션쇼인 파리 프레타포르테에 참여해 한복으로 쇼를 열었다. 한복집 아주머니가 파리 무대에 간다고 걱정하던 주위 사람들의 우려에도 불구하고 그녀의 첫 쇼가 끝나자 '자연과 하나된 옷'이라는 전 세계인들의 극찬이 쏟아졌다. 한복은커녕 한국도 모르던 사람들이 대부분이었다.

외신들은 하나같이 '이토록 아름다운 옷을 왜 우리는 몰랐나'라며 매일같이 그녀를 인터뷰하겠다고 찾아왔고, 첫 쇼를 하고 1년 만에 파리에 그녀의 부티크를 열게 되었다. 기자들은 부티크를 찾아와 한복에 대해 연신 물었다. 부티크에 걸린 그녀의 옷을 보기 위해 멀리서 찾아오는 신사도 있었다.

아니다, 할 수 있다, 더 잘할 수 있다
:

2000년, 카네기홀에서의 공연도 힘겨운 작업이었다. 우리의 전통 춤과 한복의 미를 함께 보여주는 쇼였는데, 준비 과정부터 모든 것이 너무도 힘들었다. 시간을 엄수해야 하는데다 대관료가 너무 비싸 사전 리허설조차 제대로 할 수 없었다. 그러나 마침내 공연은 시작되었고, 2800석의 좌석이 꽉 차고도 암표가 성행할 정도로 공연은 대성공이었다.

2004년, 그녀는 뉴욕 맨해튼에 박물관을 세웠다. 세계인들에게 한복을 통해 우리나라를 알리고 싶다는 그녀의 간절한 바람 하나로 이루어낸 일이었다. 그녀는 자신이 가장 잘할 수 있는 일로 국가의 위상을 높일 수 있다는 데에 사명감을 느꼈다. '집안일만 하던 나이 사십 넘은 주부가 무슨 일을 제대로 하겠느냐, 그런 큰일을 어떻게 감당하겠느냐'고 말하던 사람들에게 그녀는 '아니다, 할 수 있다, 더 잘할 수 있다'고 말하고 싶었다.

그때 마침 뉴욕에 있던 터라 선생님의 맨해튼 박물관 개관식을 구경하러 갔던 나는 그 자리에서 우리 한복이 얼마나 기품 있고 우아하고 아름다운지 처음 깨달았다. 외국인들이 하도 칭찬을 하니 괜히 내 어깨까지 으쓱했던 기억도 난다. 그리고 10년이 지난 지금도 이렇게 열정적으로 한복에 대해 이야기하고 알려나가는 그녀가 나는 정말 존경스럽다.

2005년, 우리나라에서 열린 APEC 정상회담에서는 세계 각국의 정상들이 그녀가 만든 한복을 입었다. 그녀는 각국 정상들에게 각각 어울리는 색을 선택하고, 직접 옷을 지었다. 그런데 문제가 생겼다. 미국의 부시 대통령이 한국 전통의상은 입지 않겠다고 알려온 것이다. 부시 대통령은 사이즈도 제일 늦게 보내고 마지막까지 그녀의 애간장을 태웠다.

그러나 회담 당일 그녀의 한복을 입어본 부시 대통령은 그녀를 직접 찾아와 엄청나게 가볍고 아름답다며 그녀에게 연신 고맙다는 말을 했다. 부시 대통령뿐만 아니라 부시 대통령의 아내 로라 여사, 힐러리 국무장관까지 그녀를 찾아왔고, 그들 모두 그녀가 만든 한복의 아름다움에 홀딱 빠졌다.

그녀는 힐러리 클린턴 전 국무장관과의 각별한 인연에 대해서도 들려주었다. 힐러리 전 국무장관에게 초대받은 그녀는 정성스럽게 한복을 지었고, 영어를 못했던 그녀는 40개의 영어 문장을 달달 외워가서 대화를 나누었다. 그후 힐러리 전 국무장관은 한국을 방문할 때면 그녀와 그녀의 한복을 꼭 찾는다.

그녀는 최근 구글의 슈미트 회장을 만나기도 했다. 그 자리에서 한복을 비롯한 한국 문화의 우수성에 대해 이야기하다 그녀가 소장하고 있는 한복 자료들에 구글의 기술을 결합해, 전 세계인들이 온라인으로 우리나라의 한복을 검색할 수 있고 직접 구매도 할 수 있는 인터넷 공간을 만드는 일에도 뜻을 같이하고 작업을 진행하고 있다는 이야기를 해주었다. 그리고 '아이패드'를 가져다 내게 직접 보여주었다. 나는 깜짝 놀랐다. 한복과 아이패드라…… 여든을 바라보는 나이에 능숙하게 아이패드를 다루는 선생님이 진심으로 존경스러웠다. 아이패드는 물론이고, 젊은이들이 즐겨 쓰는 '카톡'도 능숙하게 다루는 선생님을 보면서 '나이는 정말 숫자에 불과하구나' 감탄했다. 내가 선생님 나이가 되어서도 이렇게 할 수 있을까, 꼭 그래야지 다짐했다.

내 인생에 포기라는 말은 없어요
:

나이 40세가 넘어, 갑자기, 이렇게 큰일들을 해내는 것이 결코 쉽지는 않았을 것이다. 너무 힘들어 포기하고 싶을 때도 있었을 것이다. 그런데 그녀는 단호하게 말했다.

"없었어요. 내 인생에 포기라는 말은 없어요."

여든을 바라보는 나이가 믿기지 않을 정도로 그녀는 여전히 강인했고, 열정적이었고, 건강했다.

그렇다면 집에서 모든 걸 다 챙겨주던 엄마와 아내가 갑자기 유명인이 되는 바람에 가족들이 불편해하거나 힘들어하진 않았을까.

그녀는 아이들이 워낙 독립적인데다 내심 불편하고 힘들었어도 이미 엄마를 이해해줄 나이가 되어 있었던 터라 특별히 불만을 표현한 적은 없다고 했다.

큰아들이 장가갈 무렵, 이런 일이 있었다. 신혼집 한 채는 마련해주어야 할 것 같아 작은 집을 하나 얻어줬더니, "그 집은 엄마가 산 집이니까 엄마 집이지 내 집이 아니야. 내 집은 내가 살게"라고 말했단다. 자녀들을 참 잘 키우셨다는 생각이 들었다. 아무리 장성한 아들이라도, 엄마의 부재가 왜 아쉽지 않았겠는가.

하루는 큰아들이 군에 입대하는 날 엄마가 안 온 사람은 자기뿐이었다는 말을 무심코 했는데, 갑자기 미안한 생각이 들더란다. 한복 만들고 쇼를 준비하느라 당시 그녀는 아들이 며칠에 입대하는지도 정말로 모르고 있었다.

1988년 서울올림픽 때, 그녀는 정말 바빴다. 우리나라에 세계의 관심이 집중되고 있었고, 크고 작은 한복 패션쇼를 세계 곳곳의 무대에 올리려니 몸이 열 개여도 부족한 상황이었다. 그녀는 그때 패션쇼 때문에 뉴욕에 갔다가 당시 그곳에서 유학중이던 아들의 숙소에 잠깐 들른 적이 있었다. 아들 집에 가봤더니, 아들은 돈 아낀다고 큰 쥐가 기어다니는 집에 살고 있더란다. 엄마는 패션쇼에 돈을 펑펑 쏟아붓고 있는데. 아들이 그런 집에 살고 있는 걸 보니 마음이 안 좋았다. 하지만, 그뿐이었다. 미안하고 마음이 쓰였지만, 어쩔 수 없었다. 어차피 다 좋고, 다 만족할 수는 없는 노릇 아닌가.

여든의 고수가 들려준 삶의 자세
:

한복을 지어서 돈을 많이 벌고 싶다는 생각이었다면 그녀는 여기까지, 오늘까지 오지 못했을 것이다. 전 세계 사람들에게 한국의 아름다움과 한복의 미를 알리겠다는 사명감이 그녀를 지치지 않게 했고, 모든 걸 쏟아붓게 했다.

나이 40세가 넘어,
갑자기, 이렇게 큰일들을 해내는 것이
결코 쉽지는 않았을 것이다.
너무 힘들어 포기하고 싶을 때도 있었을 것이다.
그런데 그녀는 단호하게 말했다.
"없었어요. 내 인생에 포기라는 말은 없어요."
여든을 바라보는 나이가 믿기지 않을 정도로
그녀는 여전히 강인했고,
열정적이었고, 건강했다.

세계인들의 반응이 그렇게 폭발적인 정도가 아니었다면 또 이렇게까지 못했을지도 모른다. 한복을 처음 보는 사람들은 백이면 백 다 한복의 아름다움에 경탄을 금치 못했다. 그래서 그녀는 한 사람이라도 더 많이 한복을 보여주고 싶었다. 우리나라를 알리고, 우리나라의 기품 있는 아름다움을 자랑하고 싶었다.

그녀는 손자며느리에 대한 자랑도 잊지 않았다. 그녀의 손자며느리는 배우 전지현이다. 정 많고 생각도 깊은 전지현을 시부모도 그토록 예뻐하니, 할머니인 자기 눈엔 얼마나 예쁘겠냐고 그녀의 입이 함박만해졌다.

워낙 손자 사랑이 극진했던 그녀는 손자며느리가 눈에 넣어도 안 아플 지경이란다. 할머니 기사가 나면 바로 문자도 보내고, 해외에 나갈 때나 들어올 때 꼬박꼬박 안부문자를 주고받는 손자며느리가 귀엽지 않을 사람이 어디 있겠는가.

"어떤 일이나 긍정적으로 생각해야 해요. 안 될 것이라는 마음이 아니라 될 것이라는 마음을 가져야죠. 할 수 있도록 만드는 게 중요한 것 같아요. 아침에 수영하다가 발이 저릴까, 힘이 들까 생각하면 더 나아가지 못하더라고요. 마음먹은 것을 꾸준히 하다보면 좋은 결과가 나올 수 있어요. 마음을 다스릴 줄 알면 모든 것을 할 수 있다고 믿어요."

여든의 고수에게 비법을 전수받는 제자처럼 나는 그녀의 말 한마디 한마디를 가슴에 새겼다. 지금까지 400회가 넘는 패션쇼를 했고, 지금 이 순간에도 새로운 패션쇼를 구상하고 준비하는 그녀. 내가 그녀의 나이가 되어도 이렇게 열정적으로, 여전히 긍정적으로 생각하고 말할 수 있을까. 그녀의 지치지 않는 열정에 절로 고개가 숙여졌다.

아들 둘,
'진짜 사나이'로
키워보려구요!

국민 남편에게 휴가 받는 엄마_

배우 **홍은희**

Hong eun hee

2012년 방영된 KBS 드라마 〈넝쿨째 굴러온 당신〉은 새로운 가족 관계와 고부관계에 대한 해법을 제시하며 단박에 '국민 드라마'가 되었다. 그리고 드라마에서 완벽한 남편 '방귀남' 역을 맡은 배우 유준상은 '국민 남편'으로 등극하며 그의 배우 인생 최고의 전성기를 구가하기 시작했다.

그와 열한 살 차이가 나는 아내 홍은희 역시 드라마 연기를 계속하는 것은 물론 토크쇼 MC를 맡고, 각종 예능 프로에도 출연하며 제2의 전성기를 누리고 있다.

부부가 동시에, 이렇게 큰 사랑을 받기란 쉬운 일이 아니다. 그러나 한 가지 확실한 건, 이 부부를 그냥 바라보기만 해도 두 사람의 에너지가 참 좋다는 것이다. 꾸밈없는 진솔한 이미지와 열정이 넘치

는 그 에너지의 힘은 어디에서 오는 것일까? 그리고 우리는 아직 아무도 '유준상'을 몰랐던 그 시절, 스물네 살의 어린 나이에 홍은희는 어떻게 '국민 남편'을 알아볼 수 있었을까. 결혼생활 11년 차 부부로 가정과 사랑, 일과 성공을, 그것도 두 사람 모두 거머쥐게 된 비결이 몹시 궁금했다.

내가 마음 하나는 잘 봤구나
:

어떻게 스물네 살의 어린 나이에 누구보다도 먼저 국민 남편을 알아볼 수 있었느냐는 나의 질문에 그녀는 웃으며 이야기를 시작했다.

"〈넝쿨째 굴러온 당신〉을 보면서 '어머, 작가가 어떻게 알고, 내 남편의 저런 모습을 썼지?'란 생각에 '혹시 작가한테 미리 얘기했냐?'고 물어본 적이 몇 번 있어요. 극중에 강부자 선생님이 할머니 역이었는데, 할머니께 아기처럼 정말 잘하잖아요. 제가 실제로 여든 되신 남편의 외할머니께 처음으로 인사하러 간 자리에서 정말 당황했어요. 남편이 할머니를 보자마자 '왈! 왈!' 하는 거예요. 할머니 강아지 왔다고요. 그러면서 저를 보더니 '해야지!' 하더라고요. 할머니를 그날 처음 뵙는 자리였는데, 저도 '왈! 왈!' 했어요. 서른이든 마흔이든 손자는 손자잖아요. 처음엔 속으로 '자기만 하면 됐지, 왜 나한테도 시키나?' 하다가 얼떨결에 저도 따라 하는데, '이 남자는 의심이 전혀 안 드는 게, 진국이구나' 생각했죠. 드라마에서 편지 쓰고, 할아버지 제사상 앞에서 편지 낭독하는 모습들도 다 실제랑 똑같아요. 시아버님 기일에 편지 써서 가족들 앞에서 '아버지' 하고 읽어서 눈물바다를 만들어요. 그런 모습 보면 '내가 마음 하나는 잘 봤구나' 그런 생각이 들죠."

시작부터 남편 자랑이 쏟아져나온다. 그녀는 사실 데뷔한 지 얼마 안 된 스물네 살의 나이에 유준상의 적극적인 구애를 받고 결혼했다. 유준상은 그녀가 나온 항공사 광고를 보고, 첫눈에 그녀에게 반했다. 그리고 드라마를 같이하며 그녀가 그에게 완전히 반하게 만들었다.

이렇게 좋은 사람을 내가 또 만날 수 있을까
:

아무리 남편감이 마음에 들어도, 여배우로서 그렇게 일찍 결혼을 결심하는 것이 쉽지는 않았을 것이다. 결혼 후에 맡을 수 있는 배역이나 활동에 제약이 있을까 두렵진 않았을까. 그녀는 그때는 오히려 20대 여자가 혼자 연예계 생활을 해나간다는 게 솔직히 더 두려웠던 것 같다고 이야기했다.

'이렇게 좋은 사람을 내가 또 만날 수 있을까?' 싶은 생각도 들었다. 신인이어서 안 좋은 일도 많았고, 툭하면 혼도 나고 위태위태해서 혼자 견디기 힘든 시기였다. 곁에서 그녀를 토닥토닥 다독여주는 남편이 그녀에겐 큰 힘이 되었다. '배우로는 성공하지 못해도, 내 인생에서 성공하는 길은 이 남자와 함께하는 것이다'라는 확신이 들었다. 그 믿음이 강했기 때문에 정작 본인은 큰 고민 없이 결혼을 결심할 수 있었다.

남편의 어떤 점이 그렇게 좋았는지 구체적으로 얘기를 좀 해달라니까 그녀는 어른들께 잘하는 모습이 정말 매력적이었다고 말했다. 그러면서도 그는 해맑고 순수했다.

"한번은 영화 촬영용 액션이라면서 바텐더 연습을 했대요. 한강 주차장에서 차 밖으로 나가서 라이트를 자기 쪽으로 켜라고 하더니, 빛을 받으면서 저를 향해서 연습한 걸 보여주는 거예요. 그 모습이 그렇게 사랑스럽더라고요. 누가 볼 수도 있잖아요. 그런데 제게 보여주고 칭찬받으려고 그렇게 열심히 하는 모습이, 그냥 그 모습이 정말 좋았어요."

아내를 웃게 해주려고 전전긍긍하는 남편
:

좋은 남편감의 조건을 묻는 내게 그녀는 아주 구체적인 답변을 해주었다.

"당연히 나를 사랑하는 남자가 첫째고요. 술을 많이 먹으면 안 돼요. 그리고 어른들한테 살갑게 대하는 게 중요하죠. 또 조카들이나 다른 아이들 대하는 걸 보면, '애들은 정말 피곤해' 하는 남자들 있잖아요. 그런 남자들은 대부분 자기 자식도 피곤하다고 느끼더라고요. 사실 여자들이 원하는 가정적인 아빠는 아이들을 잘 챙겨주고 같이 놀아주는 아빠잖아요. 아이를 좋아하지 않고서는 그게 힘들어요. 왜냐하면 그런 남자들은 항상 본인이 쉬고 싶은 게 먼저니까요. 그러니까 아이들 대하는 모습을 보면 어느 정도 알 수 있지 않을까요?"

그녀의 말에 100% 공감이 갔다.

그녀의 남편은 실제로 아이들과 잘 놀아준다. 아니 놀아준다는 표현은 정확하지 않다. 그는 아이들과 정말 잘 논다. 두 아들과 장난치면서 자기가 더 신나서 펄펄 뛰는 모습을 보면 그녀는 웃음만 난다고 했다.

천성적으로 다른 사람을 행복하게 해주는 걸 좋아하는 남편은 항상 아이들을 기쁘게 해주려고 노력하고, 아내를 웃게 해주려고 전전긍긍한다. 그 하나만으로도 그녀는 남편이 어떤 일을 하든 다 용서된다.

아들 둘 키우려면 무조건 소리를 질러야 돼요

:

겉보기에는 한없이 가냘파 보이지만, 그녀는 여섯 살 터울의 아들 둘을 키우는 엄마다. 그녀에게 아들 둘을 키우는 엄마의 노하우가 뭐냐고 물으니, 노하우 없단다. 무조건 소리를 질러야 한단다. 농담이 아니라 진심으로 하는 얘기였다. 아이들 둘 다 워낙 밝고 에너지가 강해서, 우아한 엄마는 일찌감치 포기했다는 그녀. 열두 살, 여섯 살 난 아이들하고 얘기하다보면 저도 모르게 목소리가 커져 자기 목소리에 스스로 놀라곤 한다. 그래도 어쩔 수 없다.

"다들 '저 집 애들 장난 아니다' 할 정도로, 우리집 애들이 워낙 그래요."

그녀가 깔깔거리며 웃었다. 그렇다면, 아들 둘을 가진 엄마가 갖춰 야 할 기본조건은 뭐냐고 물었더니 그녀는 "아마도 목청?" 하며 또 웃는다.

언뜻 상상은 잘 안 되지만, 그녀는 옆집에서 '저러다 홍은희 미치 는 거 아니야?' 할 정도로 소리를 질러댄다. 옆집 아주머니를 우연히 마주치면 그녀는 고개부터 숙인다. 그녀가 "너무 죄송해요" 하니까 아주머니가 "아니에요. 아이 키우면 다 그렇죠. 나는 이사 가는 줄 알았어요" 한 적도 있다.

하지만 정작 그녀 자신은 그게 일상이라 인식을 잘 못한다고 했 다. 그래서 식당에서도 평소처럼 버럭 소리를 질렀다가 자기가 더 놀 라 목소리를 죽일 때가 많다. 그래도 어쩔 수 없다. 한창 까불고 놀 나이의 두 개구쟁이가 만나면 시너지 효과가 지구를 폭발시키고도 남을 정도다.

많이 힘들겠다는 나의 걱정에 '힘든 건 사실이지만, 아이들이 안 아프고 건강한 것만도 얼마나 행복이고 축복인가 생각한다'는 그녀 에게서는 외모와 다르게 여장부의 포스가 느껴졌다.

숙제는 안 해도 되는데, 인사는 대충하면 절대 안 돼
:

그녀는 아이들 혼내는 일은 가급적 엄마 선에서 끝내려 한다고 했 다. 아빠한테 가면 일이 커지기 때문이다. 아빠는 아이들이 잘못한 일에 대해서는 무섭게 혼낸다. 놀 때는 정말 잘 놀아주는데, 아이들

인성교육에 대해서는 철저하다.

이 집에서는 숙제를 안 하는 건 큰 잘못이 아닌데, 인사를 대충하는 건 중죄에 해당한다.

"아빠가 일하고 왔는데 계속 TV를 보고 있다든지, 둘이 게임을 하고 있다든지, 건성으로 '아빠, 오셨어요?' 그러면 남편은 조용히 다시 나가요. 나가서 문이 자동으로 잠기기까지 기다려요. 다시 문 열고 들어오면, 애들이 '아! 정신 차려야겠다' 그러고 문 앞에 나가 있죠. 들어오면서 '얘들아, 아빠 다녀왔다'고 천연덕스럽게 아무 일 없었다는 듯이 반복해요. 애들이 그제야 '아빠 다녀오셨습니까?' 하면 '그래, 별일 없었고?' 그러죠. 인사교육은 저희 집 철칙이에요. 그래서 아빠를 밖에서 만나도 저희 애들은 '어! 아빠다'가 아니라 '아빠, 안녕하세요?' 하죠. 옆집 아저씨 만난 것처럼요. 그럼 남편은 뿌듯해하고요."

개근상은 무조건 타야 한다는 아빠
:

아이들 교육문제에서 부부 사이의 철칙은 한 사람이 아이를 혼낼 때 다른 사람이 절대 터치하지 않는다는 것이다. 거들지도 말리지도 않는다. '뭐, 저런 걸 가지고 저렇게까지 혼내나' 싶을 때도, 아빠가 혼낼 때는 그냥 내버려둔단다. 엄마가 아예 그 주위에 안 가는 거다.

아이는 엄마가 말려주기를 바라겠지만, 일단은 자리를 피하는 게 상책이다. 그리고 나중에 남편한테 '아까 너무 심한 것 같더라'라고 넌지시 이야기한다. 아이를 키우면서 혼내고 매를 드는 게 엄마로서 너무 싫기는 하지만, 남편은 그래도 남자아이들은 좀 맞으면서 커야 무서운 줄도 알고 그런다고, 자기도 맞으면서 커서 이렇게 잘 큰 거라고 하는데, 할말이 없단다.

남편이 엄격하다고 하지만 그녀도 못지않다. 엄마로서 두 아이에게 이것만은 꼭 가르쳐야 한다고 생각하는 게 무어냐고 물으니, 그녀는 근성을 꼽았다. 성인이 됐을 때 근성이 훈련되어 있지 않으면 혼란스럽고 중심을 잃기 쉽기 때문에, 어릴 때부터 근성을 키우는 게 정말 중요하다고 믿는다.

그래서 지각, 결석은 절대 허락하지 않는다. 요즘에는 학교 안 가고 현장체험으로 대체하기도 한다는데, 이 집에서는 통하지 않는 얘기다. 아빠는 개근상은 무조건 타야 한다고 말한다. 지금은 개근상이 별 의미 없는 세대라고 말해도, 아니라고, 비가 오고 눈이 와도 학교에는 가야 한다고, 학교에 학생이 너 하나만 왔더라도 학교는 가야 한다고 얘기한다. 그녀의 생각도 똑같다.

인성교육, 근성교육! 이 부모가 사는 법
  :

이렇게 엄격한 엄마 아빠지만, 아이들과 놀 때는 세상에 둘도 없는 친구가 되어준다. 특히 그녀는 열두 살 난 큰아들에게 요즘 부쩍 신경쓰고 있다. 아이가 한창 자라고 있으니 부모와 친밀감을 잃지 않도록 엄마로서 아들이 듣는 음악도 많이 듣고 따라 부르고, 아빠보다 아이들과 함께 있는 시간이 많은 편이라 편하게 대화도 많이 나누려 노력한다.

얼마 전, 그녀는 큰아들과 단둘이서만 여행을 다녀왔다. 아이를 둘 이상 키우는 집은 가끔 엄마 아빠가 아이 한 명씩만 따로따로 데리고 놀러도 가고, 이야기도 나눠야 한다는 게 그녀의 소신이다. 형, 누나, 오빠, 동생 없이 엄마와 아빠를 독차지할 시간을 충분히 주면, 부모는 부모대로 아이는 아이대로 만족감이 커진다.

그럼 아이들 공부는 얼마나 시킬까 궁금했다. '이렇게 놀려도 되나?' 싶을 정도로 공부는 억지로 시키진 않는단다. 공부든 뭐든 자기가 하고 싶을 때 해야 재미도 붙고 실력도 늘기 때문에, 성적이 좀 나빠도 크게 혼내지 않는다.

요즘같이 아이들을 공부로 들들 볶는 시대에 '근성과 인성' 교육에만 치중하는 이들 부부가, 또 부부의 생각이 그렇게 일치할 수 있다는 것이, 참 부럽고 대단해 보였다.

엄마에게도 휴가가 필요해
:

나는 그녀가 엄마로, 아내로, 그리고 자신의 일까지 어쩜 그렇게 잘해낼 수 있는지 궁금했다. 그녀는 이번에도 비법은 없다고 얘기했다. 다만 하루에 네 시간 이상은 자본 적이 없는 것 같다고 말했다. 집안일을 도와주시는 분이 있기는 하지만, 다 맡길 수는 없으니 엄마가 부지런해질 수밖에 없다. 결혼하기 전에는 하루에 열다섯 시간도 자는 잠꾸러기였는데, 이젠 해도 뜨기 전에 눈이 저절로 떠진다. 나가기 전에 아이들 간식이며, 학교 준비물 등 다 챙겨놓으려면 일찍 일어나야 하고, 또 그녀가 하고 싶은 일들은 밤에 아이들이 잠든 뒤에 해야 하니 자는 시간을 줄일 수밖에 없다.

하지만 그녀는 내게 그 모든 걸 견딜 수 있는 원동력이 한 가지 있다고 귀띔해주었다. 바로 남편이 주는 '엄마의 휴가'다. 힘든 게 계속 쌓이고 너무 힘들어서 좀 쉬고 싶다는 생각이 들면, 그녀는 작품이 끝나는 시기에 맞춰 휴가를 떠난다. 혼자 여행을 떠나기도 하고, 친구들과 함께 가기도 하고, 얼마 전에는 큰아들만 데리고 단둘이 휴가를 다녀오기도 했다.

엄마도 엄마만의 시간이 필요하다는 걸 인정해주는 멋진 남편이라는 내 말에, 그녀는 그 대신 남편만의 시간도 반드시 인정해줘야 한다고 말하며 웃었다.

'국민 남편'에게는 역시 '국민 아내'가 있었다.

얼마 전, 한 TV 프로그램에서 그녀는 자신의 아픈 과거사를 털어놓았다. 늘 쾌활하고 재미있게만 살 것 같은 그녀에게도 아버지에 대한 원망으로 사무치던 시절이 있었다는 얘기를 그녀는 가감 없이 전했다.

이야기를 나누면서 그녀가 참 지혜롭게 엄마의 역할을 잘하고 있다고 생각했는데, 그러기까지는 자식에 대한 부모의 역할에 대해 고민했던 긴 시간들이 있었겠구나 하고 생각하니, 그녀의 모든 것이 더 잘 이해되었다. 아픔 없이 얻을 수 있는 것은 없다. 그것이 때로는 무엇보다 강한 위로가 된다.

그녀는 내게
그 모든 걸 견딜 수 있는 원동력이
한 가지 있다고 귀띔해주었다.
바로 남편이 주는 '엄마의 휴가'다.
엄마도 엄마만의 시간이 필요하다는 걸
인정해주는 멋진 남편이라는 내 말에,
그녀는 그 대신 남편만의 시간도
반드시 인정해줘야 한다고 말하며 웃었다.
'국민 남편'에게는 역시 '국민 아내'가 있었다.

여자말을
잘듣자

자다가 떡이 생긴

지금,
아내와 엄마 노릇이
죽을 만큼
힘든 사람들에게

생애 가장 불행했던 순간들을 지나 금메달을 딴 엄마_

여자 핸드볼 감독 **임오경**

Lim oh kyoung

　영화 〈우리 생애 최고의 순간〉에는 엄마로서, 아내로서, 온갖 난관 속에서도 국가대표의 이름을 걸고 불가능한 싸움을 멋지게 치러낸 여자들의 이야기가 나온다. 그러나 이 영화의 실제 주인공 임오경 감독에게서 듣는 그녀의 이야기는 영화보다 더 처절했다.

　씩씩하고 당찬 그녀도 아내와 엄마라는 이름으로 삶을 버티기엔 너무도 고통스럽고 자신이 한없이 작아지던 시절이 있었다. 지금은 웃으며 이야기할 수 있지만, 그 시절 자신의 생애 가장 불행하고 암울했던 이야기를 들려주는 그녀의 눈이 아내로, 엄마로, 여자로 산다는 것이 때론 얼마나 가혹할 수 있는지 말해주는 듯했다.

　안타까운 눈물과 새어나오는 낮은 탄식들 속에서 계속된 그녀와의 진솔한 이야기는 한동안 내 머릿속을 떠나지 않았다.

결혼과 출산, 나에겐 20대가 없었다

:

그녀는 핸드볼을 위해 몸을 던진 여자다. 우리나라 여자 핸드볼이 올림픽이나 국제대회에서 좋은 성적을 내고 있는데도 비인기 종목으로 회자되는 것이 그녀는 정말 싫단다. 어릴 때부터 핸드볼은 공부 못하고 가난한 아이들이 한다는 말을 듣고 자라서인지, 그녀는 그 두터운 편견을 깨기 위해 지금도 핸드볼의 위상을 알리는 일이라면 낮이고 밤이고 달려간다.

후배들에게는 무서운 감독이자 따뜻한 선배인 그녀가 여성이 운동선수로 살아가는 일이 얼마나 힘든 것인지 이야기보따리를 풀어냈다. 지금까지 살아오면서 가장 후회되는 것이 무엇이냐는 나의 질문에 그녀는 자기 삶에 20대가 없었다는 말부터 꺼냈다. 20대에 결혼도 하고 아이도 낳았는데, 왜 20대가 없었다고 이야기할까 내심 궁금했다.

그녀는 태릉선수촌에서 남편을 만났다. 처음엔 친구로 지냈는데, 남편의 어려운 처지에 마음이 움직였다. 부모님의 반대가 심했지만, 그때는 반대하는 부모님이 밉기만 했다. 반대를 무릅쓰고 "제가 알아서 잘살겠습니다"라고 큰소리쳤는데, 그녀는 지금 혼자가 되었다.

시드니올림픽 출전을 앞두고 아이가 생긴 것을 알고 그녀는 많이 울었다고 했다. 4년간의 노력이 물거품이 된다고 생각하니 억울해서 눈물만 났다.

남편은 "아이만 낳아줘. 그러면 내가 다 알아서 키울게"라고 말했고, 그녀는 바보처럼 그 말을 곧이곧대로 믿었다. 은퇴도 생각해야 했다. 당시 여자 선수들은 결혼하고 임신하면 무조건 은퇴라는 수순을 밟았다. 임신했을 때 '내가 남자로 태어났더라면…… 남자들이 부럽다'는 생각을 진짜 많이 했다며 그녀는 씁쓸하게 웃었다.

임신 6개월까지 선수생활, 출산 후 2주 만에 다시 코트로

국내 핸드볼팀이 다 해체된 상황에서 그녀는 일본 실업팀에 선수 겸 감독으로 가 있는 상황이었다. 은퇴를 고민하던 그녀에게 구단주는 "당신은 감독이니까 선수로 뛰지 않아도 된다. 아이 낳고 바로 복귀하면 된다"고 말했고, 그녀는 그 말 한마디가 참 감사하고 기뻤다. 그렇게 그녀는 임신하고도 6개월간 선수로 뛰었고, 아이를 낳고 2주 만에 코트에 복귀했다.

말이 쉽지, 임신한 상태에서 6개월간 선수로 뛰었다는 게 상상이 되지 않았다. 놀라서 입을 다물지 못하는 내게, 그녀는 그때 일은 다시 생각하고 싶지도 않을 정도로 너무 힘들었다고 말했다.

은퇴하지 말고 감독만 하라는 구단주의 말이 고마워 어떻게든 보답해야 했다. 자신의 자리를 다른 선수에게 맡기는 것도 미안했고, 그녀의 처지를 양해해준다고 해서 갑자기 코트를 떠날 수도 없는 노릇이었다. 그렇게 임신 6개월까지 코트에서 뛰고, 그 이후에는 운동을 쉬면서 다이어트를 했다. 임신부가 다이어트라니, 이게 웬 말일까? 출산 후 몸이 많이 부으면 코트에 복귀하는 데 지장이 클 것 같아 임신 6개월의 그녀는 허기질 때마다 물을 마셨다고 했다. 그녀의 애기를 듣다가 나는 너무 속상해서 눈물이 났다. 뭘 이렇게까지……

아이는 3.2킬로그램으로 태어났다. 그녀는 임신하고 딱 5킬로그램이 불었다. 그런 그녀에게 사람들은 독종이라며 혀를 찼다. 그녀는 그때 일이 떠오르는지, 한참 동안 말을 잇지 못했다.

"저를 독종이라고들 하는데, 저도 사랑받고 싶고 입덧하면서 먹고 싶은 것도 얘기하고 싶었어요. 하지만 전 혼자였어요. 남편은 1200킬로미터 떨어진 한국에서 선수생활을 하고 있었고, 부모님도 멀리 계셨거든요. 일본은 개인주의 문화가 강해서 기댈 곳이 없었어요. 또 스물넷이라는 어린 나이에 감독이 됐으니 선수들에게 힘든 내색을 할 수도 없었구요."

　　배고프면 물로 허기를 때우던 산모
　　　:

아무도 없는 방안에서 혼자 배고프면 물 마시고, 훈련 나가고, 남는 시간에 음악 듣고, 책 읽으며 그녀는 그렇게 아이를 낳았다. 출산하고 이틀 후부터는 윗몸일으키기를 하면서 몸을 만들었다. 그리고 출산 2주 만에 감독직에 복귀하고 2개월 만에 시합을 뛰었다.

거짓말 같은 이야기다. 그녀는 도대체, 왜 그렇게까지 해야 했을까?

그녀는 당시엔 상황이 어쩔 수 없기도 했지만, 타고난 성격문제도 있었던 것 같다고 말했다. 어린 나이에 감독이라는 책임을 짊어진데다 어릴 때부터 조직생활을 하면서, 속한 조직에 폐를 끼치지 않는 게 몸에 배어 있던 그녀였다. 그리고 무엇보다 고마운 이들에게 응답

하고 싶었다. 그래서 두 달 만에 복귀해서 아무렇지 않은 듯 시합을 뛰었다.

당연히 아이에게 모유를 먹일 수 있는 상황도 아니었다. 모유가 안 나오게 하는 약을 먹어야 했는데, 젖이 불으면 모유가 새어나와 유니폼이 다 젖었기 때문에 당시 자신은 항상 어두운색 유니폼만 입었다고 했다. 월급 다 받으면서 감독만 맡는 것은 상상도 못했었는데, 구단주가 그녀를 배려해주었고, 무엇보다 한 팀 선수들에게 너무 미안해 그녀는 죽을힘을 다해 뛰었다.

그녀는 결국 그 대회의 최종 플레이오프에서 우승했다. 그녀의 팀은 8년 연속 우승이라는 일본 역대 최고기록을 세웠다. 그녀는 만약 자신이 중간에 코트로 나가지 않았으면 그 기록도 경신하지 못했을 거라고 말했다. 피치 못할 상황이었더라도 두고두고 팀에 너무 미안했을 거라고 이야기했다.

애만 낳아주면 알아서 다 키우겠다던 남편
:

애만 낳아주면 알아서 다 키우겠다던 남편은 정작 한국에서 선수 생활하느라 정신이 없었다. 딸이 갓난아이일 때는 그래도 괜찮았는데, 커갈수록 힘이 부쳤다.

갓난아이일 때 딸아이는 체육관 한켠의 바구니 속에서 커갔다. 운동하다가 울면 우유 먹이고 다시 뛰었다. 하지만 아이가 성장하자 몸이 두세 개라도 모자랄 지경이 되었다. 운동하랴, 감독하랴, 엄마,

아내, 며느리 역할까지 다섯 가지 역할을 하자니, 과부하가 걸릴 수밖에 없었다.

결국 출산 후 3년 뒤, 후유증이 나타나 하반신마비가 왔다. 한국으로 돌아와 병원도 다니고 약도 먹었다. 그 와중에도 아이는 점점 커갔다. 남편한테 도와달라고 했지만, 도와주지 않았다. 면역력이 다 떨어져서 계속 아픈데 기댈 곳이 없었다.

한번은 남편이 주말에 일본에 놀러왔다. 그녀는 남편 밥해주고 빨래하고 아이 챙기고 하다가 40도에 가까운 고열로 쓰러졌다. 주말이 지나자 아픈 자신을 놔두고 혼자 가는 남편이 너무 미웠다. 그때 그녀는 한 팔에는 아이를 안고, 다른 팔에는 링거를 맞고 있었다.

그때 그녀는 해서는 안 될 결정을 했다. 먹어선 안 될 약을 두 번이나 먹은 것이다. 자신이 우울증이란 걸 그때는 몰랐다.

책임감에 운동은 계속했지만, 집에 오면 아이를 빨리 재우고 내내 처져 있었다. 집안에 어둑하게 커튼을 친 채 '밖으로 뛰어내리고 싶다'는 생각에 빠져 있었다.

내가 먼저 살아야 애도 살고, 나도 살고
:

아이가 다섯 살쯤 되던 때였다. 차라리 죽어버리자는 생각으로 약을 삼킨 그녀를 살린 건 딸아이였다. 정신을 잃은 그녀에게 딸이 다가와 '배고프다, 목마르다'면서 깨웠다. 그녀는 기억을 못하는데, 정신을 차려보니 자신이 냉장고 앞에 누워 있더란다. 아이가 아무리 깨워도 엄마가 안 일어나니까 물을 먹여줬고, 그제야 그녀가 눈을 뜨더라는 걸 딸아이의 입으로 들었을 때, 그녀는 정신이 번쩍 들었다.

'내가 미쳤구나. 이 어린것은 어쩌라고.' 그녀는 아이를 부둥켜안고 엉엉 울었다. 그 순간 퍼뜩 드는 생각이 있었다. '이제부터는 나 자신을 위해 살자. 내가 먼저 살아야 애도 살고 나도 살겠구나.'

그녀는 남편에게 헤어지자고 말했다. 남편이 야속하기도 했지만, 자신도 남편을 위해 다른 여자들처럼 내조해주지 못한 미안한 마음도 있었다. 그렇게 남편과 안아주며 쿨하게 헤어졌고, 그녀는 그뒤로 두 번 다시 다른 사람에게 의지하지 않기로 마음을 먹었다.

그녀는 남편과 이혼한 후, 오히려 마음이 홀가분해졌고 더 강해졌다. 그전에는 남편에게 어느 정도 기대하는 게 있었고, 그래서 실망도 컸다. 하지만 기댈 사람이 아무도 없다고 생각하니 스스로 더 강해지는 게 느껴졌다. 아이에게 아빠가 없어져서 안쓰러운 마음이 들었지만, 그녀 자신은 후련했다.

아이가 아직 어릴 적에 '나만 아빠가 없어서 창피하다'고 말한 적이 있었다. 그녀는 "아빠가 아예 안 계시는 것도 아니고, 친구들한테도 아빠랑 엄마가 사정이 있어서 따로 사는 거라고 말하면 되는 건데, 뭐가 창피하니? 아빠랑 떨어져 산다고 해도, 설사 아빠가 아예 안 계시다고 해도 그건 창피한 거 아니야!"라며 짐짓 야단친 적이 있었다. 그때 딸아이가 "알겠어"라고 대답은 했지만, 어린 게 뭘 알고 그랬을까 싶어 그녀는 지금 생각해도 그날 일이 미안하고 가슴 아프다. 하지만 그녀는 강해져야 했고, 더는 비참하게 살고 싶지 않았다.

'이제부터는 나 자신을 위해 살자.
내가 먼저 살아야 애도 살고 나도 살겠구나.'
그녀는 남편에게 헤어지자고 말했다.
아이가 아직 어릴 적에
'나만 아빠가 없어서 창피하다'고 말한 적이 있었다.
그녀는 지금 생각해도 그날 일이
미안하고 가슴 아프다.
하지만 그녀는 강해져야 했고,
더는 비참하게 살고 싶지 않았다.

밖에 나가 대접받으려면 자기가 잘해야 한다
:

그녀의 딸은 이제 중학생이 되어 엄마를 걱정해주는 든든한 친구가 되었다. 어릴 때부터 코트에서 선수 언니들을 보며 자라 애어른 같기만 한 딸이 그녀는 가끔 마음에 걸린다. 엄마에게 자기밖에 없다는 걸 알아서인지 뭐든 엄마랑 함께해야 한다고 생각하는 것도 엄마로서 마음이 무겁다.

하지만 그래도 이젠 정말 행복하다고 그녀는 이야기한다. 아이가 이렇게 자라 엄마가 먼저 말하지 않아도 알아서 이해해주고, 엄마에게 자기가 힘이 되고 싶어하니 감사한 일이다.

딸아이 칭찬을 좀 해달라고 하자 그녀가 제일 먼저 한 얘기는 '성격이 좋다'는 것이었다. 그녀는 실제로 선수들의 인성을 가장 중요시하는 감독으로도 유명하다.

'밖에 나가 대접받으려면, 자기가 잘해야 한다'는 게 그녀의 믿음이다. 여기서 '잘한다'는 것은 실력만을 의미하는 것이 아니다. 자신이 바른 사람이어야 바른 대접을 받는다는 건 만고의 진리다.

어릴 때부터 항상 선수 언니들, 엄마의 동료 코치 선생님들과 함께 생활해와서 그녀의 딸아이는 누구와도 스스럼없이 잘 어울린다. 공부 욕심 많은 엄마로서 학교 선생님들께 아이가 '공부 잘한다'는 소리보다 항상 '프렌드십이 최고다'라는 소리를 더 많이 듣는 게 가끔 기분 상할 때도 있지만, 그녀는 아픈 사람 있으면 거기부터 달려가고 뭐든 타인을 도와주려고 하는 딸이 자랑스럽고 예쁘다.

더 노력하고 더 돕다보니 내 자리도 생기더라

:

우리나라 스포츠계에는 왜 아직까지 여성 감독들이 거의 없느냐
는 나의 질문에 그녀는 남자들 중심으로 돌아가던 세상에서 탓하고
나누자고 말만 할 게 아니라, 여자들도 부족할 게 없다는 것을 먼저
보여줘야 할 것 같다고 말했다. 자신은 '볼일도 서서 보겠다'는 각오
로 죽기 살기로 덤빈 것 같다고도 말했다. 공부도 더 하고, 일도 더
많이 하고, 도울 수 있는 일도 더 돕고 하면서, 여자라고 특별대우 받
으려 하지 말고 더 큰 능력을 쌓아가려고 노력하다보면, 기회도 생기
고 어느 날 같은 선에 서게 되는 것 같더란다.

아이를 낳아 키우면서 왜 여자만 이런 고통을 감당해야 하나 불만
도 가지고 원망도 해봤지만, 이게 내 일이구나 하고 받아들이니 육아
도 더이상 힘들기만 하진 않았던 것처럼, 이 또한 받아들이고 더 노
력한다면 분명히 방법이 생기고 길이 보일 거라고 그녀는 믿는다. 그
러면서도 언제나 이런 미련한 기대와 헛된 바람이 그녀의 마음을 멍
들게 한 것뿐일지도 모른다며 그녀는 쓸쓸하게 웃었다.

스포츠계뿐만 아니라 남성 위주의 사회에서 남자들과 함께 일하
며 힘들어하는 엄마들에게 조언을 한마디해달라고 부탁하자 그녀는
이렇게 말했다.

"우선 내 마음속에서부터 남자, 여자 선 가르지 말고, '사람'으로
보는 게, 나부터 그러는 게 중요해요."

스포츠계뿐만 아니라
남성 위주의 사회에서 남자들과 함께 일하며
힘들어하는 엄마들에게
조언을 한마디해달라고 부탁하자
그녀는 이렇게 말했다.
"우선 내 마음속에서부터
남자, 여자 선 가르지 말고, '사람'으로 보는 게,
나부터 그러는 게 중요해요."

그녀의 말을 듣는 내 마음이 예사로울 수 없었다. 문득 내 신인 시절이 떠올랐다. 남자 선배들이 장난으로 내 목소리를 가지고 남자냐 여자냐 놀리며 웃기도 하고, 끝나고 사우나 같이 가자면서 남동생 취급을 할 때 농담으로 받지 못하고 울기도 했다. 물론 이제는 내가 먼저 웃으며 이야기하는 추억이 되었지만, 지금은 또다른 고민들도 새록새록 생긴다. 아직까지 각종 프로그램에서 남성 진행자를 선호하는 상황을 쉽게 접하면서 이 시대의 여성 진행자로서 생각이 점점 많아진다. 그러나 혹시 나부터 속으로 선을 가르고 그런 상황을 탓하며 노력을 게을리한 것은 아니었는지 돌아보게 되었다.

남성들보다 공부도 더 하고, 일도 더 많이 하고, 도울 수 있는 일도 더 많이 찾으려 늘 노력한다는 그녀의 말에 반성이 되면서도 마음 한쪽이 쓸쓸해지는 건 어쩔 수 없지만 말이다.

출산휴가, 육아휴직 없는 대한민국 여자 선수들
:

그녀는 마지막으로 꼭 한 가지 얘기하고 싶은 것이 있다고 했다. 여성 스포츠인에게도 아이를 출산할 수 있는 기회를 줬으면 좋겠다는 것이다.

그녀의 후배들도 어느덧 38~40세가 되었는데 아직 결혼도 안 하고 아이도 낳지 않고, 코트에서 뛰고 있는 경우가 태반이다. 직장인들은 현실적으로 다 찾아 쓰진 못하더라도 출산, 육아휴직이 제도상 보장되어 있는데, 스포츠인에게는 그런 명목조차 없다. 여자 선수는 임신과 동시에 은퇴해야 한다는 관념이 아직도 깊숙이 박혀 있는 이유다.

서른여덟에 은퇴한 선수가 결혼하고 노산으로 계속 유산하는 걸 곁에서 본 그녀는 마음이 몹시 아팠다. 운동하는 여성들에게도 단 1년만이라도 출산과 육아를 위한 시간을 주는 체계적인 법안이 만들어졌으면 좋겠다고 그녀는 몇 번이나 이야기했다.

그녀와 이야기를 나누는 동안 여성 스포츠인들에게 존경심이 생겼다. 이렇게 힘든 여건 속에서 우리나라 여자 선수들이 세계대회에서 우승하고 금메달을 땄던 거라고 생각하니, 내가 괜히 부끄럽고 미안해졌다. 그녀의 바람처럼, 여성 스포츠인들이 조금이라도 마음 편하게 출산하고 육아에 집중할 수 있도록 지원하는 제도가 법적으로 빨리 마련되었으면 좋겠다. 아니, 당연한 일 아닌가.

엄마가 되고,
나를 더욱더
사랑하게 되었다

아이를 낳고 더 크고 단단해진 세상을 이야기하는 엄마_
배우 **신은정**

Shin eun jeong

그녀는 요즘 행복하다. 결혼하고 나서 남편 박성웅도 더 큰 사랑을 받게 되었고, 그녀 역시 아이를 낳고 키우면서 자신감이 더 커졌기 때문이다. 처녀 때는 소극적인데다 일이 잘 안 들어오면 금세 의기소침해지곤 했는데, 이젠 그녀에게 일보다 더 소중한 가족이 생겼기 때문이다. 일에 대해 여유로운 마음을 갖게 되니 일도 더 잘 풀리고, 설사 뜻대로 일이 잘 안 되더라도 이제 더이상 불안해하고 걱정만 하지는 않게 되었다.

'여자는 약하지만 엄마는 강하다'는 말은 그녀에게 꼭 들어맞는 얘기였다. 엄마가 되어 진정한 행복을 알게 되고, 더 큰 마음으로 세상을 품는 법을 고민하게 되었다는 그녀에게 일과 사랑에 대한 이야기를 들으면서, '강한 여자, 약한 엄마'인 나는 반성과 고민의 크기가 커

졌다.

아이를 낳기 전엔 나만 잘하면 되니 크게 두려울 것이 없었는데, 결혼하고 아이를 기르면서부터 신경써야 할 일도, 조심해야 할 것들도 많아진다. 그녀와 대화하는 동안 엄마로서도, 아내로서도 좀더 편해지기로 마음먹었다.

욕심을 다스리지 못해 힘들던 시절
:

스물한 살의 나이에 데뷔했으니, 그녀는 벌써 연기 경력 20년 차의 베테랑이다. 학교 다닐 때부터 연극무대에 오르며 연기자를 꿈꿨고, 대학을 졸업할 즈음 추석특집극 오디션에 합격해 덜컥 주연을 맡았다. 유인촌, 윤문식 등 기라성 같은 선배들과 첫 작품을 찍었다. 그러나 그녀는 그후 3년을 공백기 아닌 공백기로 지냈다.

답답한 마음에 그녀는 SBS 공채 탤런트 시험에 다시 지원해 합격했다. 그렇게 소속이 생기고 동료가 생기면 당연히 모든 게 술술 풀릴 줄 알았다. 그러나 지금 생각해보면 순간순간 자신의 욕심을 다스리지 못해 힘든 점이 많았던 시절이었다. 뭔가 더 하고 싶은데, 뜻대로 되지도 않았고 마음이 잘 다스려지지도 않았다.

욕심을 가지지 않으면 일이 잘되는데, 뭔가 될 듯해서 욕심을 좀 부릴라치면 일이 잘 안 되니, 그녀는 어찌해야 할지 몰라 갈팡질팡하는 일이 많았다.

그러다 2005년, 친하게 지내던 동생이 갑자기 세상을 떠나면서 그녀는 방송활동에 회의를 느끼게 되었다. 또 주춤하고 만 것이다. 그리고 촬영차 중국으로 잠시 떠났던 그녀는 귀국하는 길에 드라마 〈카이스트〉를 같이했던 송지나 작가로부터 전화를 받았다. 〈태왕사신기〉에 캐스팅하고 싶다는 전화였다.

나를 웃게 하는 사람이 생겼다
:

늘 평온하고, 아무 걱정 없었을 것만 같은 그녀에게도 이렇듯 깊은 고민과 작은 갈등으로 점철된 지난 시간이 있었다. 동기들은 화려하게 스포트라이트를 받는데, 자신의 연기는 늘 정체된 것 같아 조바심이 난 적도 있었다. 남 앞에서 자신의 마음을 잘 드러내지 않는 성격 때문이기도 했고, 연기자로 산다는 것이 조심스럽기만 했다. 연기가 좋았지만, 내가 이 길을 잘 가고 있는 것인가 그녀는 늘 불안했고 의문스러웠다. 그러던 와중에 〈태왕사신기〉라는 작품을 만난 것이었다.

그녀가 맡은 '달비'라는 인물은 대장간 한편에 쭈그리고 앉아 있어도 빛이 나는 여자였다. 연약해 보이지만 내면은 강인한 달비는 우리가 그녀에 대해 품고 있는 이미지 그대로였고, 그녀는 달비 역에 완벽하게 빙의해서 남편을 잃고 '담덕'을 돕는 소신 있는 여인의 모습을 잘 보여주었다.

김종학 감독님은 첫 촬영날부터 '주무치'와 '달비'가 잘 어울린다며, 나중에 극중에서 결혼까지 하게 될 테니까 둘이 친하게 지내라고 말씀하셨다. 그리고 박성웅은 감독님의 한마디에 그 자리에서 바로 그녀에게 '여보'라고 부르기 시작했다.

처음에는 자꾸 그렇게 부르는 것이 너무 부끄러웠는데, 계속 그러다보니 나중엔 장난처럼 받아들이게 되고 웃음이 머금어졌다. 그래도 그와 사귀게 될 거라고는 꿈에도 생각 못했다. 작품이 꽤 길었고, 만나면 만날수록 좋은 사람이라는 느낌은 받았지만, 그가 처음 사귀자고 했을 때 그녀는 'NO'라고 답했다. 괜히 좋은 동료를 잃게 되는 게 싫었다. 그러나 촬영은 계속되었고, 남편의 구애도 계속되었다. 그렇게 결국 두 사람은 사랑하는 사이가 되었다.

임신했을 때, 여자로서 가장 행복했다
:

드라마가 끝나고 일본에 〈태왕사신기〉 프로모션차 간 자리였다. 그는 3만 5천 명의 팬들 앞에서 "드라마 속 제 연인이 정말로 제 여자가 됐습니다"라고 고백했다. 두 사람의 열애는 그렇게 세상에 공개되었고, 많은 사람들이 뜨겁게 축하해주었다. 당시 남편은 '주무치' 역으로 사람들에게 조금씩 알려지기 시작하던 때였는데, 여자친구가 있다고 공개적으로 밝힌 것에 대해 그녀는 놀랐고, 큰 감동을 받았다. 그녀는 서른다섯의 나이에 신부가 되었다.

적은 나이가 아니었기 때문에 그녀는 아빠와 꼭 닮은 아이를 빨리 낳고 싶었다. 그녀가 임신했을 때부터 남편은 '아들을 낳아서 같이 운동하고 싶다. 아들이면 나와 얼굴이 똑같았으면 좋겠다'고 이야기했고, 태어난 아기는 아들이었다. 남편과 붕어빵처럼 닮은 아이였다.

임신 초기에 잠시 위험한 순간도 있었지만, 그녀는 임신 기간이 여자로서 가장 행복한 순간이었다고 회상했다. 남편은 태교도 같이해주고, 책도 읽어주고, 설거지도, 청소도, 음식물쓰레기 버리는 일도 도맡아 했다. 아빠 목소리를 많이 들려줘야 한다면서 뱃속의 아기와 대화도 많이 나누고, 함께 음악도 들었다. 그녀는 엄마로서, 여자로서 느낄 수 있는 행복을 만끽했다. 남편은 아내가 조심하느라 임신 기간 내내 제대로 밖에도 나가지 못하고 집안에서만 갇혀 지내는 게 안쓰러워 늘 옆에 있어주려 했고, 살뜰히 그녀를 챙겨주었다.

일에 대한 욕심을 아이가 다 채워주더라
:

그녀는 결혼 후에도 계속 일했다. 그래서 신혼 초에는 미혼일 때와 크게 달라진 것을 느끼지 못했다. 하지만 아이가 생기자 그녀는 완전히 다른 세상으로 온 것 같다고 말했다. 연애나 결혼보다는 항상 일이 먼저였기에, 임신 초기에는 좋은 작품을 포기해야 하는 게 속상하기도 했다. 하지만 고령임신의 커트라인에 딱 걸린 그녀로서는 조심할 수밖에 없었다.

아기가 태어난 후에는 자신만의 시간을 찾기가 더 힘들어졌다. 임신하고 입덧해서 힘든 건 아무것도 아니라고, 애가 엄마 뱃속에서 세상 밖으로 나오는 순간, 한동안 '너는 없다'고 생각하고 살아야 될 거라고 어른들이 그러시더니, 그 말씀이 다 맞았던 거였다.

정신없고 몸은 힘들었지만, 그녀는 아이를 바라보는 것만으로도 세상을 다 가진 듯한 기분이 되곤 한다. 일에 대한 욕심마저도 아이가 다 채워준다. 한동안 작품이 들어오는 게 겁날 정도였다. 좋은 작품, 욕심나는 작품이 들어오면 괜히 갈등하게 될까봐.

"사실 남편이나 동료들, 선후배들이 좋은 작품을 하는 걸 볼 때면 제 마음도 꿈틀꿈틀하거든요. 그런 생각에 빠져들 때 옆에서 아기가 '엄마' 부르면 또 그 생각이 단박에 정리되는 거죠. 사실 오늘 승우가 열이 좀 오른 상태였어요. 남편도 지방으로 촬영 가고요. 작품 때문에 남편이 다이어트를 해야 해서 남편 도시락까지 챙겨 보내고 나니까 이런 생각이 들더라고요. '만약에 내 일까지 있었으면 누가 이 일을 다 맡아서 해줄까.' 그래서 스스로 마음을 다잡는 것 같아요. 그래, '아기 키우길 잘했어'라고요."

엄마 없는 아이들에게도 엄마는 필요하다
:

그녀는 아들 상우가 아토피를 앓아 힘들어했던 이야기도 꺼냈다. 아기가 아픈 것이 모두 내 탓인 것만 같아 마음이 너무 아팠다. 혹시 아이에게 해가 될까봐 화장품도 일절 바르지 않았고, 온 식구가 아기 로션만 바르고 다녔다.

내 아이의 아픔을 지켜보면서, 세상의 아픈 아이들, 버려진 아이들에 대한 생각도 달라졌다. 예전에는 사회활동에 관심은 많았어도 조용히 기부만 했는데, 생각이 달라지더란다. 다른 사람 눈치 안 보고, 좀더 적극적으로 활동할 수 있는 자신감이 생겼다.

그녀는 특히 시설에 있는 아이들에게 마음이 간다고 했다. 아이를 낳아서 길러보니, 엄마가 거의 하루종일 아이를 안아주어도 아이들은 질려하지 않는데, 시설에 있는 아이들은 엄마 품이 얼마나 그리울까 가슴 아팠다. 틈 나는 대로 그 아이들에게 가서 단 한 시간이라도, 아이들을 오래 꼭 끌어안아주고 싶다는 생각을 자주 한다.

그녀는 확실히 다른 사람이 된 것 같았다. 적극적으로 변했고, 목소리에도 힘이 느껴졌다. 아이를 키우면서 비로소 타인의 아이들마저 사랑하게 되는, 엄마의 '좋은 예'였다.

그녀는 저소득층 자녀와 시설에 있는 아이들을 위해 꾸준히 봉사활동을 할 생각이다. 엄마 없는 아이들에게도 엄마는 필요하다. 우리 엄마들이 먼저 그들을 생각해주지 않으면 누가 그들을 돌아보겠느냐고, 그녀는 내 손을 꼭 붙들고 이야기했다.

엄마가 되고 비로소 내가 소중한 사람임을 깨달았다
:

예전에는 노력한 만큼 일이 잘 안 풀리는 것 같고, 사람들이 내 진가를 몰라주는 것 같아 서운하고 속상할 때가 많았는데, 이제 그녀는 전혀 그런 생각이 들지 않는다.

남편이 잘돼서 좋고, 아들 상우와 함께 있을 수 있어 행복하다. 그녀는 자신의 인생 목표 1순위는 '행복한 가정'이라고 말했다. 가정이 행복해야 일도 성공할 수 있고, 그다음도 꿈꿀 수 있는 것이라고 그녀는 확신한다.

그녀는 저소득층 자녀와 시설에 있는 아이들을 위해
꾸준히 봉사활동을 할 생각이다.
엄마 없는 아이들에게도 엄마는 필요하다.
우리 엄마들이 먼저 그들을 생각해주지 않으면
누가 그들을 돌아보겠느냐고,
그녀는 내 손을 꼭 붙들고 이야기했다.

결혼을 하고 아기를 낳은 후, 그녀는 비로소 자신이 정말 소중한 사람이라는 것을 깨닫게 됐다고 말했다. 그 말에 마음이 울컥했다. 그전까지는 스스로에 대해 확신하는 편이 아니어서 늘 불안하고 조심스럽기만 했는데, 아들을 낳고 자신이 얼마나 소중한 존재인지 깨달았다는 그녀의 마음을 알 것 같았다. 더불어 그녀는 자기 자신이 소중한 만큼 남편도 소중하고 아이도 소중하고, 그렇게 소중한 사람들이 점점 많아지고 있어 감사하다고 했다.

아이를 키우면서 부모의 역할이 얼마나 중요한지 그녀는 지금도 매순간 느끼고 있다.

"부모란 정말 힘든 위치에 있는 사람들이죠. 한 아이를 낳아 올바른 사회구성원으로 키워내야 한다는 건 정말 막중한 책임이 뒤따르는 일이에요. 건강은 기본이고 인성과 미래까지 책임져야 하니까요. 하지만 아기를 낳아서 키워본 사람은 알 거예요. 아무리 힘들어도 아기를 낳아 기르는 일이 세상에서 가장 큰 행복이란 것을요. 저는 제 감정이나 욕구에 휘둘리지 않고 진정으로 아이를 위하는 마인드를 가진 엄마가 되고 싶어요."

내 아이를 통해 세상의 아이들을 본다
:

그녀는 요즘 남편을 사랑해주는 사람들이 많아져 남편이 열심히 활동하는 것이 자신이 사랑받는 것보다 더 기쁘고 감사하다. 그녀는 일 욕심 많은 자신이 이런 감정을 느끼게 될 줄은 상상도 못했다고 고백했다.

서른다섯 살까지 늘 나만 생각하고, 내 기분을 먼저 들여다보고, 내 욕심만 채우려 했는데, 가족이란 게 이런 건지, 나보다 남편이 잘되는 게 더 좋고, 나보다 아이가 더 많이 웃었으면 좋겠다. 심지어 나보다 내 가족의 건강을 먼저 빌게 되는 자신이 아직은 낯설지만, 그 낯섦이 싫지 않다는 그녀는 천생 여자다.

그녀는 결혼과 출산을 통해 스스로를 믿을 수 있게 되었고, 더 강해졌다. 나보다 앞자리에 놓아도 전혀 아까울 것 없는 두 남자가 생겼고, 내 아이를 통해 세상의 아이들을 보고 다른 부모들의 모습을 보면서 스스로의 부모 됨에 대해 반성하고 고민하고 노력하게 되었다.

아기를 낳고 한동안 부기가 안 빠져 고민하던 그녀에게 한 선배 연기자는 이렇게 말했다.

"여배우들 중에 아기 낳고 예전 몸매 만들어서 다시 활동하는 사람들도 많아. 그 사람들도 물론 고생했으니 박수 받아야 마땅하지만, 대신 스스로에게 투자하느라 아기와 가족들에게 소홀한 경우도 많더라. 너는 자기 관리를 포기하고, 아기 키우기에 더 충실했기 때문에 그런 것이니 너 또한 박수 받아 마땅하다."

그 말이 그녀에게는 큰 힘이 되었고, 엄마로서의 자존감을 가질 수 있게 해주었다.

그녀는 윤태호 작가의 웹툰을 극화한 드라마 〈미생〉에서 '선지영 차장'으로 분해 새로운 연기를 보여주었다.

아기를 낳고 한동안 부기가 안 빠져 고민하던 그녀에게
한 선배 연기자는 이렇게 말했다.
"여배우들 중에 아기 낳고 예전 몸매 만들어서
다시 활동하는 사람들도 많아.
그 사람들도 물론 고생했으니 박수 받아야 마땅하지만,
대신 스스로에게 투자하느라
아기와 가족들에게 소홀한 경우도 많더라.
너는 자기 관리를 포기하고,
아기 키우기에 더 충실했기 때문에 그런 것이니
너 또한 박수 받아 마땅하다."
그 말이 그녀에게는 큰 힘이 되었고,
엄마로서의 자존감을 가질 수 있게 해주었다.

〈미생〉 5회에서 워킹맘이자 사내 평판도 좋고 남자 사원들이 선호하는 직장상사이자 여사원들의 롤모델로 꼽히는 '선차장'이 정작 아이문제로 고민하고, 여자라서 차별받는 모습은 많은 사람들에게 회자되었다.

극중에서 선차장의 아이가 그린 엄마 아빠의 모습은 소파에 엎드려 자는 아빠, 너무 바빠 눈코입도 기억나지 않는 엄마, 얼굴 없는 부모의 초상이었다. 매일 아침 허겁지겁 아이를 유치원에 데려다주고 돌아서서 출근하기 바빴던 그녀는 어느 날 돌아선 자신의 등뒤에서 매일 딸아이가 자신에게 인사를 하려고 서 있었다는 것을 알게 된다. 나도 그 장면을 보면서 펑펑 울었다. 아이가 엄마, 나가지 말라고, 조금만 있다 나가라고 우는데도 뒤도 돌아보지 않고 나가기 바빴던 나의 모습이 고스란히 겹쳐졌기 때문이다. 그녀가 너무나 미안한 마음에 아이를 꼭 껴안고 속으로 '다시는 너를 미루지 않을게'라고 말하던 장면의 여운은 지금도 그대로 남아 있다.

속 깊은 그녀, 그리고 그녀가 연기하고 있는 〈미생〉의 선차장을 보면서 내 모습이, 우리들의 엄마가 떠올랐다. 그리고 나는 우리 시대 엄마들의 삶이 불안하고 바쁜 희생이 아니라 행복한 교감과 존중의 상징이 될 수 있으면 좋겠다고 생각했다.

80킬로그램의 엄마가 된 발레리나, 그녀는 예뻤다

발레리나와 두 아이를 키우는 주부의 삶을 나비처럼 오간 엄마_

국립발레단 명예예술감독 **최태지**

Choi tai ji

　지금도 전성기의 가녀린 몸매, 더 깊어진 미소를 간직하고 있는 국립발레단의 최태지 명예예술감독은 전설적인 발레리나이자 우리나라 발레 역사의 산증인이다. 무대에 오르지 않은 지 20년이 넘었다는 말이 믿기지 않을 만큼 그녀는 여전히 아름답다. 그 비결이 무엇인지부터 대뜸 묻는 나에게, 그녀는 자신도 한때는 80킬로그램까지 나간 적이 있다는 거짓말 같은 이야기를 들려주었다. 고작 40킬로그램이 겨우 넘는 발레리나가 80킬로그램이 되기까지, 그리고 다시 가벼운 몸으로 무대에 서기까지, 그녀에게 무슨 일이 있었던 걸까. 80킬로그램의 자신도 예쁘게 느껴졌다는 그녀의 이야기는 사실일까.

　엄마가 되어 무대를 떠났지만, 번번이 다시 돌아올 수밖에 없었던 발레리나로서의 길. 그녀의 일과 사랑에 얽힌 파란만장 스토리를 들

어보았다.

동료들의 시기와 냉대, 연습실에 처박혀 살다
:

재일교포로 일본에서 나고 자란 그녀는 '발레'라는 세계에서는 일본인, 한국인을 떠나 차별 대우가 없을 것이라고 생각했다. 그런데 일본문화청의 해외연수 내정자로 선정됐다가 마지막 서류심사에서 일본 국적자만 갈 수 있다는 통보를 받고는 자신의 정체성에 대해 혼란을 느끼기 시작했다. 희미했던 한국인으로서의 존재의식을 생각하게 되었다.

너무 큰 좌절이었다. 하지만 당시 주위에서 '고국인 한국으로 가봐라. 한국에는 일본에도 없는 국립발레단이 있단다'라는 얘기를 듣고, 1983년 어머니와 둘이서 국립발레단을 찾았다.

그날, 엄마와 둘이 손을 붙잡고 오른 남산길이 그녀는 지금도 생생하다. 나의 고국, 내가 한국 사람임을 가슴 깊이 느낀 순간이었다. 그때는 잘 몰랐지만 우리나라 남자 발레리노 1세대이자 당시 국립발레단 단장을 맡고 있던 임성남 단장이 대단한 용기를 갖고 그녀를 데려온 것이라는 사실을 후에 알게 되었다.

일본에서 나고 자라 한일 양국 간의 역사에 대해 잘 모르던 그녀는 한국에 온 뒤 한국인들이 일본의 과거사에 대해 강한 적대감을 갖고 있다는 것을 알게 되었다. 당시만 해도 1980년대 초라 한일 관계나 한국인들의 일본에 대한 인식이 지금보다 훨씬 나빴다. 일본에서도, 한국에서도 환영받지 못했던 존재, 재일교포. 그녀는 동료들의 시기와 냉대를 감내해야 했고, 그럴수록 연습실에 틀어박혀 춤만 추었다.

이야기를 나눌 친구도 없었고, 밥을 같이 먹자는 사람도 없었다. 그러나 임단장은 오직 발레로만 이야기하고 생각하는 분이었다. 그녀는 오로지 연습에만 매진했고, 스승은 그녀의 열정과 노력을 사랑해주었다.

발레리나, 80킬로그램의 엄마가 되다
:

그러나 그녀는 1년 후 돌연 결혼을 하고 발레계를 떠났다. 너무 고독했고, 끊임없는 자신과의 싸움에 지쳐만 갔다. 혼자 사는 생활이, 홀로 하루종일 발레를 하며 오직 스스로에게만 건네는 대화가 너무 외로웠다.

원래 쾌활하고 유머러스한 성격인데, 본의 아니게 말수도 줄고 외로운 사람이 되어가고 있는 것이 진저리치게 싫었다. 그때 운명처럼 남편을 만났다. 결혼을 하고, 남편을 따라 미국으로 유학을 떠났다. 그녀는 다시는 돌아오지 않겠다며 뒤도 돌아보지 않고 그렇게 발레를 떠났다.

곧 아기가 생겼다. 몸이 원하는 대로 열심히 먹어 그녀의 몸무게는 80킬로그램까지 불었다. 그러나 그녀는 살찌는 자신이 예뻤단다. 발레를 하면서 단 한 번도 그렇게 살아본 적이 없기 때문이었다. 먹고 싶은 걸 다 먹으니 그렇게 행복할 수가 없었다. 목숨처럼 사랑했던 발레에 대한 미련도 까맣게 지워졌다.

아이를 낳고도 겨우 3킬로그램이 줄어든 77킬로그램의 그녀는 그래도 행복했다. 주위에 아무도 도와줄 사람이 없어 유학생활중에 아이와 하루종일 단둘이 지내야 했던 그녀는 하루에 삼십 분씩이라도 자기 시간을 갖기로 했다. 그리고 그 시간을 가장 충만하게 채우기 위해 그녀가 택한 것은 발레였다. 뉴욕에 있는 동네 레크리에이션 센터에 가서 매일 삼십 분씩 발레를 했다. 무대에 오르기 위해 반복하는 독한 훈련이 아니라 온전한 자기 자신의 시간을 갖는다는 것만으로도 그렇게 여유롭고 행복할 수가 없었다. 삶의 활력이 생기고, 몸도 점점 예전의 컨디션을 찾아갔다. 3개월 만에 50킬로그램이 되었다. 예선의 몸무게에 가까워진 그녀는 아이가 자라면서 발레 연습 시간도 늘려갈 수 있었고, 2년 반 정도 꾸준히 연습하니 도리어 예전보다도 춤이 더 잘됐다.

사람들의 시선보다는 자신의 행복감이 중요해
:

그녀를 만나 가장 처음 든 생각이 '어떻게 그 나이에, 20년간 무대에 서지 않았는데도 이런 몸매를 유지할 수 있지?' 하는 것이었다. 결혼을 하고 아이를 낳으면서 살이 찌고 빠지는 과정에서 여자들은 불어나는 체중으로 인해 심한 스트레스를 받는다. 나이들수록 살을 빼기는 더 어렵고 찌기는 쉬워진다. 다이어트에 대한 고민을 달고 산다.

특히 직접 밥 차리고 식구들 먹거리를 책임지는 엄마들은 살찌지 않는 게 훨씬 더 어렵다. 그래서 모든 엄마들이, 거의 모든 대화에서 자식 걱정, 남편 흉 다음으로 많이 하는 얘기가 다이어트에 관한 것이다. 나 역시 늘 다이어트에 대한 고민을 한다. 대중의 시선을 받는 나로서는 살이 조금이라도 찌면 자기 관리에 소홀하다고 질책받기도 해서 더 민감해지게 된다.

80킬로그램의 자신이 예뻐 보이더라는 그녀의 한마디에서 평생 가벼운 몸무게를 유지하기 위해 그녀가 얼마나 힘들었을지를 생각했다. 임신중에도, 출산 후에도, 바로 직장에 출근하기 위해 무리하게 살을 빼는 워킹맘들이 떠올랐다.

나 역시도 뱃속의 아이를 생각해서 열심히 먹다가도 주위의 시선을 생각하며 힘들어하던 때가 있었다. 하지만 주위 사람들의 시선보다는 역시 나 자신의 행복이 중요하다. 그녀는 다이어트 때문에 걱정이라는 내게 지금 보기 좋은데 왜 그러냐면서 세상이 마른 여자를 추앙한다고 해서 한창 자라나는 어린 여자아이들까지 다이어트에 몰입하는 건 큰일이라며 우려했다. 그녀는 우리 사회가 겉모습보다는 아름다운 마음을 가꾸기 위해 노력하는 것을 더 소중한 가치로 보아주길 소망하고 있었다.

두 아이를 낳고 다시 발레리나로
:

임성남 단장은 아이를 낳고 그녀의 춤이 예전보다 더 좋아졌다며 다시 발레를 하자고 권했다. 당시 국립발레단의 규칙으로는 결혼은 물론이고, 출산은 더더욱 안 될 일이었다. 하지만 춤이 잘되니 다시 발레를 하고 싶다는 생각이 스멀스멀 피어오르기 시작했다.

그녀는 아이를 낳고, 1년 반 만에 다시 국립발레단으로 돌아왔다. 그런데 집안 어른들은 둘째를 낳아주길 원했다. 결국 둘째아이를 가지면서 힘들게 돌아온 국립발레단을 1년 만에 다시 떠나게 되었다.

임단장은 그녀의 남편에게 편지까지 써서 '절대 안 된다'고 만류했다. 그녀가 몇 번이나 사표를 내밀어도 안 된다며 받지도 않았다. 스승은 간곡히 그녀를 타일렀다. "안 된다. 국가를 위해 발레단에 있어라." 스승께 너무 죄송했지만, 그녀는 한 남자의 아내로, 한 아이의 엄마로, 한 사람의 여자로서 누릴 수 있는 행복에 충실하고 싶었다. 그땐 그랬다. 그리고 그녀는 다시 80킬로그램이 되었다.

둘째를 낳고, 그녀는 동네에 발레 스튜디오를 차렸다. 이제 다시 발레계로 돌아갈 수는 없지만, 어린 꼬마들에게 발레를 가르치는 일이 재미있었고 학원도 정말 잘됐다. 그녀는 그런 자유로움이 좋았다. 아이들과 남편, 동네 사람들, 꼬마 제자들에 둘러싸여 편하게 이야기하고, 웃고 떠드는 삶이 싫지 않았다. 그렇게 일반인으로서의 행복을 맘껏 누리며 두 아이를 키우는 소소한 행복에 익숙해질 무렵, 스승이 그녀를 다시 찾아왔다.

임단장은 아무 설명 없이 그저 "네가 필요하다"고 했다. 거절할 수 없었다. 아이 하나 낳고 무대에 다시 서는 사람도 거의 없는데, 아이를 둘이나 낳은 자신을 필요로 하다니…… 그녀는 그 마음이 고마워 차마 거절하지 못하고, 다시 국립발레단에 돌아왔다.

아이들이 걸음마를 떼자마자, 맡아줄 곳을 찾아 헤매다 :

두 아이를 키우는 발레리나. 말도 안 되는 일이었다. 그러나 30대에 들어선 그녀의 춤은 더 여유롭고 풍성해졌으며, 춤을 대하는 그녀의 마음자세 역시 달라져 있었다.

발레는 더이상 그녀에게 외롭고 혹독한 자신과의 싸움이 아니었다. 관객들과의 소통이 행복했다. 그들에게 무언가를 보여주어야겠다는 생각보다 그들과 함께 무언가를 느끼고 싶다는 열망으로 무대에 올랐다.

그러나 현실에서는 두 아이를 키우며 발레리나로 살아간다는 것이 녹록지만은 않았다. 한국의 이모님과 일본에 살고 있던 엄마도 자주 와서 도와주었지만, 공연을 앞두고 몇 달 동안 연습실에 거의 하루종일 처박혀 연습에 또 연습을 거듭하는 동안, 아이들 곁에 함께 있어주지 못하는 것이 너무 미안했다.

요즘은 직장 다니며 아이 키우는 엄마들이 많아져 12개월 된 아이도 어린이집에 보내는 경우가 많지만, 25년 전에는 그렇게 어린아이들을 받아줄 곳이 아예 없었다. 그녀는 아이들이 걸음마를 떼자마자 맡아줄 곳을 찾아다녔다. 동네의 미술학원 원장님에게 부탁드려 딸아이를 두 살짜리 최연소 원생으로 만들기도 했고, 받아준다는 곳만 있으면 어디든 아이들을 맡겨야 했다.

두 아이를 키우는 발레리나.
말도 안 되는 일이었다.
그러나 30대에 들어선 그녀의 춤은
더 여유롭고 풍성해졌으며,
춤을 대하는 그녀의 마음자세 역시 달라져 있었다.
발레는 더이상 그녀에게
외롭고 혹독한 자신과의 싸움이 아니었다.
관객들과의 소통이 행복했다.
그들에게 무언가를 보여주어야겠다는 생각보다
그들과 함께 무언가를 느끼고 싶다는
열망으로 무대에 올랐다.

한 시간을 같이 있어도 열 시간을 같이 있는 것처럼

:

한국에서 아이를 키운다는 것이 여간 어려운 일이 아니라는 것을 그녀는 그때 깨달았다. 한국 엄마들은 한 달에 한 번 정도는 선생님을 찾아간다고들 얘기하는데, 그녀는 애가 몇 반인지도, 담임선생님의 성함이 무엇인지도 몰랐다. 그래서 그녀의 두 딸아이는 책임감과 자립심이 무척 강했다. 지금은 일부러 교육하려고 해도 이렇게 자립적으로 키우지 못했을 텐데, 바쁜 엄마 만나 이렇게 잘 커준 것이 참 대견하다고 생각하지만, 당시엔 다른 엄마들처럼 해주지 못하는 것이 무척 가슴 아팠다.

아이들을 집에 놓고 아침 일찍 출근하다보면, 다른 엄마들이 아이를 어린이집 버스에 태우는 모습을 자주 보곤 했다. 그럴 때마다 두고 나온 아이들이 생각나고, 다른 엄마들은 매일같이 해주는 저 사소한 일조차 나는 못해주나 싶어 혼자 눈물도 많이 흘렸다. 그러나 그녀는 한 시간을 같이 있어도 열 시간을 같이 있는 것처럼 아이를 열 배 더 꼭 안아주고, 열 배 더 많은 이야기를 나누려고 노력했다. 연습 때문에 발이 퉁퉁 부어 걷기 힘들 때도 휴일에는 무조건 도시락을 싸서 아이와 함께 근처 공원에라도 피크닉을 나갔다.

집에서는 아이들에게 100% 충실했지만, 연습실에 도착하는 순간 집이나 아이들 생각은 딱 잊고 연습에만 집중했다. 그게 가능하냐고 묻는 후배들도 더러 있지만, 그녀는 그것만이 일하는 엄마가 살길이라고 생각한다. 집에서는 일 걱정하고, 일하면서 아이 걱정하는 엄마가 제일 미련한 것이다. 그렇게 집에서는 가족들에게 100% 집중하고, 직장에서는 일에만 100% 집중하는 것이 그녀가 일과 가정을 유지할 수 있었던 비결이었다.

엄마 발레리나였기 때문에 할 수 있었던 일
:

1996년 1월, 그녀는 드디어 국립발레단의 단장이 되었다. 취임식에서 그녀가 "매월 공연을 올리겠습니다"라고 하자 기자들은 고개를 갸우뚱했다. 당시 1년이면 6개월 정도만 공연을 하던 국립발레단에서 그게 과연 가능한 일인지 의문을 갖는 사람들이 많았다.

그녀는 발레의 진입장벽을 낮추기 위해 '해설이 있는 발레'를 만들었다. 우리나라 발레 문화의 대중화를 이끈 장본인이 바로 그녀였던 것이다. 발레를 쉽게 이해할 수 있도록 한 그녀의 시도는 대성공이었고, 관객들의 반응은 폭발적이었다. 극장에 들어오지 못한 관객들은 로비 간이의자에 앉아 모니터로 공연을 봤다. 발레 대중화를 향한 그녀의 꿈은 그렇게 현실이 되었다. 그녀는 학연, 지연을 떠나 신인 무용수들을 과감히 기용하고, 그렇게 우리나라 발레 역사의 최고 전성기를 구가했다.

발레의 문턱을 낮춰 어린아이들부터 노인까지 농촌은 물론 어촌, 탄광촌의 구석구석까지 발레 무대를 접할 수 있게 한 그녀의 노력, 출신이나 배경을 전혀 고려하지 않고 오직 실력만으로 신인 무용수를 발탁해 한국 무용수들의 기량을 세계적 수준으로 끌어올린 것

그녀는 한 시간을 같이 있어도
열 시간을 같이 있는 것처럼
아이를 열 배 더 꼭 안아주고,
열 배 더 많은 이야기를 나누려고 노력했다.
연습 때문에 발이 퉁퉁 부어 걷기 힘들 때도
휴일에는 무조건 도시락을 싸서
아이와 함께 근처 공원에라도 피크닉을 나갔다.
집에서는 아이들에게 100% 충실했지만,
연습실에 도착하는 순간
집이나 아이들 생각은 딱 잊고 연습에만 집중했다.
그녀는 그것만이 일하는 엄마가 살길이라고 생각한다.
집에서는 일 걱정하고, 일하면서
아이 걱정하는 엄마가 제일 미련한 것이다.

모두 엄마가 아니었더라면, 할 수 없는 일이었을 것이라고 그녀는 말했다.

10대 때부터 오직 발레리나의 길만 고집하고, 세상과 담을 쌓고 연습실에서만 청춘을 보냈다면 그 모든 일들은 불가능했을 것이다. 때론 도저히 견딜 수 없을 만큼 힘들었다. 그러나 그녀는 한 사람의 아내였고 두 아이의 엄마였다. 자기 자신과 주변의 사람들을 돌보기 위해 발레를 떠나 지냈던 보통의 삶이 있었기 때문에, 오늘날의 그녀가 있음을 나도 확실히 느낄 수 있었다.

엄마니까 그만두지 마세요, 엄마라서 더 잘할 수 있으니
:

단원들을 항상 '우리 새끼'라고 부르는 그녀에게 "엄마, 엄마 새끼는 우리 아니야?"라며 불만을 내비치던 그녀의 큰딸은 지금 발레리나의 길을 걷고 있다. 발레리나가 되는 것만은 말리고 싶었지만, 큰딸은 그녀처럼 끝내 발레를 버리지 못했다. 엄마의 그늘에 가려 힘겨운 사춘기를 보냈던 딸은 어느덧 성장하여 한국인 최초로 러시아 보리스 에이프만 발레단의 주역을 꿰찬 실력파가 되어 엄마가 걸었던 길을 뒤따르고 있다.

엄마가 유명한 발레리나여서 좋았던 게 아니라, 엄마가 유명인이고 같은 분야라 힘든 사춘기를 보냈던 딸에게 정말 미안하다는 그녀의 이야기를 들으면서 나도 내 아이가 생각났다.

아이를 낳고 나서는 육아 프로그램에서 섭외가 많이 들어온다. 또

최근의 방송 경향이 육아 프로가 대세라 아이와 함께 출연해달라는 제안이 정말 많이 온다. 하지만 나는 아이가 스스로 선택할 수 있는 나이가 될 때까지는 지켜주고 싶다. 대중에게 알려진다는 것은 세상의 다른 모든 일처럼 좋은 점도 있고 나쁜 점도 있지만, 나쁜 점을 아이가 온전히 감당할 수 있을까 하는 우려 때문이다. 하지만 아이가 커서 나와 같은 방송인의 길을 걷고 싶다고 하면 나는 어떻게 해야 할까, 가끔 생각해볼 때가 있다. 자식이 원하는 일이라면 그것이 무엇이든 말릴 수 없다고, 그래서도 안 된다고 생각하지만, 다만 정신적으로 아주 많은 것들을 감내해야 한다는 것은 말해주고 싶다.

"엄마는 우리 엄마가 아니라 발레단의 엄마잖아" 하며 투정을 부리다가도 "엄마가 정말 일을 그만두면 좋겠니?"라고 물으면 항상 "아니야"라고 대답해주던 그녀의 큰딸은 사람들이 엄마를 모르는 곳으로 가서 발레를 하고 싶다며 고등학교 시절, 홀로 캐나다 유학길에 올랐다. 졸업할 즈음 스트레스와 골절로 춤을 포기하고 다른 공부를 해보겠다고 토론토 대학에서 프랑스어를 공부하던 중 장신의 발레리나를 선호하는 독창적 안무로 유명한 보리스 에이프만 발레단의 오디션에 당당히 합격했다. 발레단 입단 후에는 매일 열 시간 이상 춤추는 연습벌레로 단장의 신임을 얻어 1년 6개월 만에 주역을 꿰차게 되었다. 그녀의 큰딸 역시 고통을 감내하기 위해 긴 시간이 필요했지만, 그 시간들을 묵묵히 견뎌낸 딸이 그녀는 무척 대견하다.

주역이냐 아니냐를 떠나 자신이 하는 일을 사랑하고 열심히 연습함으로써 관객을 속이지 않는 딸의 정직함을 그녀 역시 높이 산다.

그녀의 딸도 엄마가 될 것이다. 그녀의 단원들도 엄마가 될 것이다. 그녀는 엄마가 되어도 자기 일을 그만두지 않고 발레리나로서 더 깊은 이해와 풍부한 감성으로 관객들에게 좋은 무대를 보여줄 수 있다고 말한다. 비단 발레뿐만이 아니라 어떤 일이든 엄마라서 더 잘할 수 있다고, 그녀는 믿는다.

아이 하나
키우려면
온 마을이
필요하죠

딸에서 엄마로, 여성들의 이야기를 스크린에 그려낸 엄마_
명필름 대표·영화제작자 **심재명**

Sim jae myung

수많은 명화들을 만들어낸 영화제작사 '명필름'의 수장이자 우리나라 영화계의 존경받는 여성 리더인 심재명 대표는 여대생들이 가장 닮고 싶어하는 롤모델로 늘 손꼽히는 사람이다. 그러나 조용한 말투와 늘 침착해 보이는 표정과는 달리 그녀는 '영화계의 잔 다르크'로 통한다.

남성들이 독점하다시피 한 영화판에서 여성으로서 자신의 목소리를 분명히 내기까지 피나는 시간들이 있었고, 그 와중에 결혼도 하고 아이도 낳아 기르며, 그녀는 엄마가 되어 비로소 엄마를 이해하게 되었다고 고백한다. 자신의 엄마를 비롯하여 많은 엄마들의 도움을 받지 못했다면, 아마 육아도, 일도 불가능했을 거라는 그녀의 이야기를 들으면서, 여성으로서 자신의 분야에서 당당히 자리매김하기까지

얼마나 많은 사람들의 도움이 필요한지 새삼 생각해보았다.

당당히 여성의 자리를 지켜준 고마운 여자
:

한국영화는 지난 반세기 눈부신 성장을 했지만, 우리 영화계에서 여성들의 입지는 여전히 좁고 척박하기만 하다. 심재명을 우리가 사랑하는 이유는 그녀가 그런 척박한 현실에 지치지 않고 물러서지 않으며, 여성 영화인으로 당당히 자리를 지켜준 데 대한 고마움과 믿음이 더해지기 때문이다.

영화 〈접속〉에서부터 〈공동경비구역 JSA〉 〈우리 생애 최고의 순간〉 그리고 〈건축학개론〉까지 그녀가 제작한 영화들은 한국영화사에 새로운 이정표를 마련한 상징적이고 뛰어난 작품들이었다. 1995년에 시작해 불과 20년 만에 그녀가 이루어낸 업적들이다.

사람들은 그녀를 일컬어 '충무로의 품질보증마크'라고 말한다. 영화인으로서 이보다 듣기 좋은 찬사는 없을 것이다. 나의 대학선배이기도 한 그녀는 '여대생들이 뽑은 영화계 롤모델'로 선정될 만큼 젊은 여성들에게 신뢰와 희망의 아이콘이다. 그녀와 오랜 시간을 만나왔지만, 그녀는 늘 한결같다. 이 여자가 '영화계의 잔 다르크'가 맞나 싶을 정도로 조용하고 온화하다. 그렇게 조용하고 온화하게, 어떻게 이 많은 일들을 해낼 수 있었는지, 그 비결이 알고 싶어졌다.

영화 기획도 하고, 커피도 타는 '미스 심'
:

그녀는 가난한 집안의 맏딸로 태어났다. 오빠와 여동생, 남동생까지 여섯 식구는 가난하지만 참 화목했다. 소박한 성품의 부모님은 늘 자기 맡은 일 잘하고, 남한테 폐 끼치지 말고 살라고 가르치셨다.

대학 진학을 앞두고도 "너는 수학을 못하고, 국어를 잘하니 국문과를 가라"는 말씀이 전부였고, 그렇게 그녀는 국문과 학생이 되었다. 그리고 대학을 졸업하고 출판사에 취직해서 일하던 중 우연한 기회에 영화 쪽 일을 하게 되었다.

어릴 때부터 영화를 좋아했던 그녀였지만, 영화를 밥 벌어 먹고사는 직업으로 생각해본 적은 없었다. '주말의 명화' 세대였고 학창 시절 영화동아리에 들어가 극장도 열심히 다녔지만, 영화과에 가기 위해 영화 공부를 한다는 게 쉽지도 않았고, 부모님이 반대하실 것 같아 엄두도 내지 못했다. 영화 일을 하며 기획도 하고 카피도 썼지만, '미스 심'이라 불리며 커피도 타고 청소도 하고 복사도 해야 했다.

우리나라 최초의 여성 감독인 박남옥 감독이 4개월 된 딸아이를 등에 업은 채 현장에서 '레디고'를 외쳤고, 제작비도 본인이 마련하고, 스태프들 밥도 현장에서 직접 해 먹이며 영화를 찍었다니 더 말해 무엇하겠는가. 1980년대 후반, 한국영화계에서 여성들의 위치는 딱 그 수준이었다.

엄마가 되어서야, 엄마를 알다
:

그녀는 자신이 여기까지 온 것은 분명 자신만의 힘이 아니라고 말했다. 그녀는 철들면서 가난이 부끄러웠다. 누가 가난은 부끄러운 일이 아니라고 곁에서 얘기라도 좀 해주었으면 좋았으련만 어린 시절, 그녀는 그게 그렇게 부끄러웠다. 누구한테 싫은 소리 한마디 못할 것 같은 그녀지만, 어릴 때는 엄마 말을 정말 안 듣는 못된 딸이었다고 했다.

그녀는 어린 시절부터 대체로 조용조용한 편이었지만, 자기가 하기 싫은 일은 절대 안 했다. 보통의 엄마들처럼 잔소리도 심하고, 자다가도 자식 일이라면 벌떡 일어나던 엄마에게 그녀는 지지리도 말 안 듣는 딸이었다. 오죽하면 사 남매 중에 가장 말 안 듣는 '우리집 웬수'로 불렸을까. 사춘기도 격렬하게 겪었던 그녀는 가출까지 했을 정도로 그 시절, 엄마와는 애증의 관계였다고 말하며 씁쓸한 웃음을 지었다.

그녀의 엄마는 살아생전 짧은 인터뷰에서 '어머님이 보시기에 따님은 어떤 사람이냐'는 기자의 질문에 대뜸 이렇게 대답했다고 한다. "아주 독한 년이에요!"

열심히 자기 일을 하는 딸이라는 뜻이라고 부연 설명을 하긴 했으나, 그 인터뷰를 바라보던 그녀는 딸로서 참 쑥스러웠다. 엄마가 왜 그렇게 말했는지, 자기 자신은 너무 잘 알고 있기 때문이었다.

엄마는 그녀가 영화계에서 자신의 입지를 다질 수 있게 해준 일등 공신이다. 손녀딸을 도맡아 키워주셨기 때문이다. 엄마가 그녀의 딸을 봐주면서, 엄마와 그녀는 세상에서 가장 친한 사이가 되었다. 어릴 때는 도무지 이해 안 되던 엄마의 마음이 다 이해되고, 그저 고마웠다고, 그녀는 서글픈 눈으로 잠시 엄마를 추억하는 듯했다.

죽음의 순간에도 자식을 먼저 생각하던 엄마
:

그녀의 엄마는 루게릭병을 앓다가 6년 전, 딸의 생일에 돌아가셨다. 때론 너무 미웠지만, 이젠 그 크신 사랑에 그저 참회와 회한의 눈물을 흘릴 뿐이다.

그녀의 책 『엄마 에필로그』를 읽다보면 읽는 내내 그녀와 똑같은 회환과 참회로 우리도 눈물 흘리게 된다. 우리 모두는 엄마에게 빚이 있다. 나를 세상에 낳아주고, 내가 어떤 짓을 해도 받아주던 이 세상의 단 한 사람. 늘 내게 잔소리를 해대고 날 피곤하게 하지만, 나를 위해서는 불구덩이라도 뛰어들어줄 유일한 사람, 엄마.

나는 번지는 눈물 때문에 책장을 제대로 넘기지 못하고, 한참을 꺼이꺼이 울어야 했다. 그녀의 엄마는 의사로부터 생전 듣도 보도 못했을 루게릭병이라는 선고를 받는 순간에도 도리어 이렇게 묻는 사람이었다.

"이게 애들한테 옮는 병은 아닌가요?"

그녀의 책을 읽으면서 나는 그녀와 똑같은 마음이 되어 나의 엄마를 자꾸 생각했다. 왜 그리도 미안한지…… 힘들 때 제일 먼저 생각나는 사람, 엄마…… 아마 나도 불효녀인가보다.

113

그녀의 엄마는 살아생전 짧은 인터뷰에서
'어머님이 보시기에 따님은 어떤 사람이냐'는 기자의 질문에
대뜸 이렇게 대답했다고 한다.
"아주 독한 년이에요!"
열심히 자기 일을 하는 딸이라는 뜻이라고
부연 설명을 하긴 했으나,
그 인터뷰를 바라보던 그녀는
딸로서 참 쑥스러웠다.
엄마가 왜 그렇게 말했는지,
자기 자신은 너무 잘 알고 있기 때문이었다.
엄마가 그녀의 딸을 봐주면서,
엄마와 그녀는 세상에서 가장 친한 사이가 되었다.
어릴 때는 도무지 이해 안 되던 엄마의 마음이 다 이해되고,
그저 고마웠다고, 그녀는 서글픈 눈으로
잠시 엄마를 추억하는 듯했다.

결핍이 나를 '이야기'하고 싶게 만들었다
:

그녀는 젊은 시절, 가난이 그렇게 부끄러울 수 없었지만, 그런 결
핍이나 상처, 아픔이 아니었다면, 자신이 무엇을 해낼 수 있었을까
싶다. 결핍들이 자신 안의 무언가를 끄집어내고, 소통하게 했던 자양
분이 되었기 때문이다. 부족함이 없었다면 하고 싶은 말도 없었을 것
이다. 아쉬운 게 없다면 굳이 주위를 둘러보지도 않았을 일이다. 예
전엔 창피했던 일들을 그녀는 이제 다행이라고 여긴다. 그러니 영원
한 것은 아무것도 없다. 오늘의 행복이 내일의 불행이 될 수도 있고,
지금의 아픔이 언젠가는 위로가 될 수 있으니 그저 견디고, 버티고,
묵묵히 걸어갈 일이다.

나는 가난과 설핍에 대해 그녀와 할 애기가 많았다. 나 역시 가난
과 결핍으로 점철된 어린 시절을 보내야 했기 때문이다.

술만 먹으면 난폭해지는 아버지 때문에 불안하고 괴로운 어린 시
절을 보냈던 나는 어느 날, 아버지에게도 두려움과 아픔이 있다는 사
실을 알게 되었다. 『어린 왕자』에 나오는 주정뱅이의 별에서 "술을 왜
마셔요?" 하고 묻는 어린 왕자에게 주정뱅이는 이렇게 말한다. "잊기
위해서야." 어린 왕자는 다시 묻는다. "무엇을요?" 그는 답한다. "내가
부끄러운 놈이란 걸 잊기 위해서야." 어린 왕자가 마지막으로 물었다.
"뭐가 부끄러운데요?" 그가 말했다. "술 마신다는 게 부끄러워."

그렇게 나는 아버지를 이해하게 되었고 다 용서할 수 있었으며 진
심으로 사랑하게 되었다. 아픔이 아니었다면, 결핍이 아니었다면 있

을 수 없는 일이었다.

모나고 결점이 많아 보이는 사람일수록 가슴속에 깊은 상처를 가지고 있다. 내가 사람들을 웃게 하고 즐거움을 주는 직업을 가지게 된 것도, 결핍과 아픔이 있는 사람들의 마음을 열어 어루만지고 싶다는 생각을 하게 된 것도, 모두 나의 결핍으로 인한 것이었다.

〈우리 생애 최고의 순간〉이나 〈마당을 나온 암탉〉은 그녀의 어머니가 투병중일 때 제작했던 영화다. 여성의 삶, 엄마의 모습, 여성들끼리의 우정과 연대가 아픈 엄마를 지켜봐야 하는 그녀의 마음에 더욱 각별하게 다가왔다. 우리나라 애니메이션 사상 최고의 흥행기록을 세운 〈마당을 나온 암탉〉 역시 원작동화를 읽는 동안 아픈 엄마의 깊은 모성애가 느껴져 눈물이 하염없이 흘렀고, 그래서 영화로 제작할 용기까지 낼 수 있었다.

117

세상의 모든 아름다운 결과물들은 아픔과 상처, 결핍에 의해서 시작되고 만들어지는 것이다. 그러니 누구라도 아픔이나 상처, 결핍을 부끄러워하거나 힘들게만 생각하고 괴로워할 일이 아니라고 우리는 고개를 연신 끄덕이며 이야기했다. 그리고 더 많은 사람들에게, 지금 부끄럽고 상처받고 아픈 누군가에게, 더 열심히 다가가 이런 얘길 해주고 싶다는 생각이 마음 깊은 곳에서 솟아났다.

엄마는 언제부터 일하는 여성이 되고 싶었어요?
:

그녀는 딸을 키우면서 힘들었던 점에 대해서도 이야기했다. 사실 그녀는 딸에게도 엄마만큼은 아니더라도 큰 빚이 있다. 말썽 피우고 지지리도 말 안 듣던 자신과 달리 그녀의 딸은 어릴 때부터 이해심이 많은 아이였다.

한번은 친정엄마가 손녀를 봐주다가 아이가 다치는 바람에 급히 연락해왔는데, 회의중이었던 그녀가 전화를 받지 못했다. 결국 길도 잘 모르던 친정엄마는 아기를 데리고 성형외과가 아닌 정형외과에 가서 상처 부위를 꿰맸고, 아직도 딸아이의 얼굴에는 그때의 흉터가 남아 있다. 딸아이의 흉터를 볼 때마다 그녀는 자책하곤 한다. '내가 뭐 그리 대단한 일을 한다고 전화도 못 받아서……' 딸아이도 다섯 살 때의 그 일을 또렷이 기억한다. 그러나 "그때 엄마가 없어서 속상했어"라고 말할 뿐이다.

아이가 여섯 살 때쯤이년가, 하루는 차를 타고 가다기 갑자기 "엄마는 언제부터 일하는 여자가 되고 싶었어요?"라고 묻더란다. 아이 딴에는 엄마가 일하지 말고 같이 있어줬으면 좋겠다고 한 말일 텐데 그녀는 솔직하게 대답해버렸다. 어렸을 때부터 일을 하고 싶었고, 지금 엄마가 하는 일이 참 좋고 더 열심히 하고 싶다고. 아이는 그뒤로 떼를 쓰지 않았다. 지금껏 늘 엄마를 이해하는 또하나의 지지자가 되어주었다.

딸아이를 함께 키워준 사람들
:

일하면서 너무 힘들 때에는 일을 그만두어야 하나 고민하게 되는 순간이 온다. 그녀도 그런 적이 있느냐고 묻자, 한 번도 그런 적은 없었던 것 같다고 답했다. 딸아이를 도맡아서 키워주신 어머니, 이해심 많은 딸, 그리고 지금껏 연락하고 지내는 딸아이의 초등학교 1학년 같은 반 엄마들 때문이라고 말하며 그녀는 멋쩍게 웃었다. 아이 하나를 키우려면 온 마을이 필요하다는 말은 그녀에게 진실이었다. 여성 감독이나 여성 제작자가 거의 없는 영화판에서 남성들과 동등하게 경쟁하고, 그러면서 아이를 키우기까지 정말 많은 엄마들이 자신의 엄마 역할을 나눠 맡아주었음에 감사하다고 그녀는 몇 번이나 말했다.

일하는 엄마이지만 전업주부들과 친해지려고 노력도 많이 했다. 그래서 딸아이가 초등학교 1학년일 때는 학부모 모임에도 부지런히 나가고 정보에 소외되지 않으려 애썼다. 그때 함께한 엄마들과는 아직도 친하게 지내는데, 그 엄마들은 딸아이에게 제2의 엄마나 마찬가지다. 딸은 그 또다른 엄마의 생일 때 축하전화도 드리고, 그 집에서 해외여행을 갈 때면 딸이 껌처럼 붙어 가기도 한다. 그렇게 다른 엄마들의 도움을 받아가며 아이를 키웠다. 그러니 그녀는 자기가 이룬 일들은 온전히 자신의 힘으로만 된 것이 하나도 없다고 웃으며 말했다.

말은 안 했지만, 분명 딸아이도 엄마를 간절히 필요로 할 때가 있었을 것이다. 그때 자신이 딸아이 곁에 있어주지 못한 시간들도 많을 것이다. 그러나 그녀는 그런 결핍이 딸아이의 인생에 또다른 좋은 결과물로 나타나리라 믿는다고, 믿어야 한다고 말했다.

그녀는 영화인답게 한국 사회의 여성문제에 대해서도 진지한 논조로 이야기했다. OECD국가 중에서 우리나라처럼 여성과 남성의 임금 격차가 심한 나라도 드물고, 여성 재취업의 기회는 너무 적다. 출산이나 육아 때문에 잠시만 쉬었다 나와도 한정적인 일만 주어지는 것이 사실이다. 그녀는 한국 사회에 훌륭한 여성 인력이 정말 많다고 생각하는데, 우리나라가 잘되려면 여성 복지에 사회 전체가 더 많은 관심을 가져야 한다고 말했다. 여성들 스스로 노력하라고 말로만 이야기하기보다 사회나 정부에서 제대로 정책을 개발하는 것이 무엇보다 중요하다는 게 그녀의 생각이다.

그녀는 누가 불어주지 않아도 우리 엄마들 스스로가 엄마의 꿈에 대해 이야기하고 다녀야 할 것 같다고 말했다. 누가 꿈이 무엇인지, 뭘 하고 싶은지 물어주길 기다리기보다 내가 먼저 사회에 말하고 물으면서, 사회 전체가 우리 여성들에게 더 관심을 가질 수 있도록 노력해야 한다는 얘기다.

그녀는 자기 자신은 페미니스트적 입장에서 현실을 부정하고 투쟁하여 원하는 것을 얻어내는 일을 잘하지 못한 것 같아 후배들에게 미안한 마음을 갖고 있다고 했다. 후배 여성 영화인들은 좀더 자기 목소리를 내고, 그러면서도 일과 꿈을 놓치지 않으며, 자신보다 똑똑하고 당찬 모습을 보여줬으면 좋겠다는 바람도 전했다.

그녀는 한국영화계에서, 아니 더 나아가 한국 사회 전체에서 신뢰받고 존경받는 여성 리더로 자신만의 큰 그림을 그리며 계속 걷고 있다. 흥행에 몰두하기보다는 메시지를 줄 수 있는 영화를 만들기 위해 노력하고, 평생의 반려자이자 동지인 남편과 함께 미래의 영화 인재들을 위한 국내 첫 무상 기숙영화학교를 만들기도 했다. 올해 입학전형을 발표하고 내년에 개교하는 이 학교는 미래의 영화 인재들이 현장에서 영화에 대해 직접 배울 수 있게 가르치는 학교다. 그녀는 영화를 더이상 만들지 못하게 되면 환경, 노인, 아동을 위한 NGO활동을 꼭 하고 싶다는 꿈도 이야기했다.

"엄마의 피와 뼈와 살로 내가 어른이 되고, 거기에서 끝나지 않고 엄마의 눈빛과 머리카락과 손가락과 말과 눈물과 웃음과 한숨이, 자기 앞의 생을 살아내는 모든 모습이 내게 영감과 각성을 선물했다고, 나는 이 일을 하면서 수없이 생각한다."

그녀가 쓴 책 속의 구절을 떠올리며, 나는 엄마에게서 딸로 이어지는 삶의 깊은 유대를 생각했다. 그리고 이 땅의 모든 여성들과 함께 그녀가 만들어갈 앞으로의 세상에도 깊은 확신과 믿음이 생겼다.

"엄마의 피와 뼈와 살로 내가 어른이 되고,
거기에서 끝나지 않고
엄마의 눈빛과 머리카락과 손가락과
말과 눈물과 웃음과 한숨이,
자기 앞의 생을 살아내는 모든 모습이
내게 영감과 각성을 선물했다고,
나는 이 일을 하면서 수없이 생각한다."

쌍둥이를 키우며 멋지게 하늘을 비행하는 법

편견의 구름을 헤치고 눈부시게 창공을 가르는 파일럿 엄마_
대한항공 기장 **황연정**

H wang yeon jeong

2014년, 우리나라의 여성 기장은 10명 내외다. 우리나라 최초의 여성 비행사가 나온 지 한 세기가 지나고 있지만, 아직도 하늘은 여성들에겐 다가가기 어려운 신의 영역이다. 그 신의 영역에 도전한 쌍둥이 엄마 황연정 기장은 만남만으로도 나를 설레게 했다. 여자로, 엄마로, 남성들도 힘들어한다는 비행기 조종사로 당당히 자리매김한 그녀는 같은 길을 걷는 남편과의 사이에 아들 딸 쌍둥이를 두었다.

나 역시 제복에 대한 동경을 가진 터라, 멋진 파일럿 제복을 입고 나타난 그녀를 보는 순간, 가슴이 설렜다. 금녀의 구역에 당당히 도전한 여성으로서, 선녀의 날개옷 대신 비행기를 탄 쌍둥이 엄마는 어떤 이야기들을 풀어놓을까.

나는 어떤 꿈을 꿔야 하지?
:

그녀가 애초부터 파일럿을 지원했던 것은 아니었다. 대학 4학년 때 승무원 시험에 합격한 그녀는 방학 기간에 인턴으로 비행기를 타게 되었다. 그때 조종실을 처음 구경했는데 '아, 이게 정말 새로운 세계구나' 싶어 갑자기 가슴이 턱 막히더란다. 그후 방학이 끝나고 우연히 신문에서 대한항공 조종훈련생 모집 광고를 본 그녀는 '이걸 해야되겠다'라는 생각만 가지고 아무 준비 없이 이 길에 들어섰다.

엄마 친구분의 남편이 조종사여서, 어렸을 때부터 비행기 조종사인 그 아저씨를 자주 보았고, 멋진 제복에 반해 막연히 파일럿을 꿈꿨던 그녀는 고등학교 때 친구한테 "나는 공군사관학교를 가야겠어. 모든 조건이 맞아"라고 얘기했다. 그런데 친구가 "넌 모든 조건이 맞는데, 딱 하나가 안 맞아. 여자를 안 뽑거든"이라고 말하는 게 아닌가.

그 말에 좌절했느냐는 내 질문에 그녀는 그렇지 않았다고 했다. '그럼 어떡하지? 나는 무슨 꿈을 꿔야 하지?' 고민하며 자신의 미래에 대해 더 치열하게 생각하기 시작했다. 그녀는 간호사관학교를 갈까 고민했다. 아무래도 제복에 대한 동경이 있었나보다고 말을 건네자 그녀는 그랬던 것 같다며 환하게 웃었다.

하지만 간호장교가 되기 위해 생물학을 전공했던 그녀는 대학 시절 4년 내내 자신의 길이 아닌 것 같다는 생각을 떨쳐버리지 못했다. 그러다 대학 4학년 때 친구를 따라 지원한 승무원 시험에 덜컥 합격했다. 그러나 승무원 역시 왠지 내 일이 아닌 것 같았다. 그러다 조종실에 처음 들어가보고, '이거다! 이걸 꼭 해봐야겠다!'는 결심을 했던 것이다.

너, 이거 하면 잘할 것 같다
:

막상 지원은 했지만, 험난한 길이었다. 지원서를 내고 필기시험을 보고 적성시험을 봤다. 주변에 물어볼 사람도 없어서 동냥하듯이 사람들을 찾아다니며 정보를 얻었다.

그렇게 최종 선발 과정까지 가게 되었고, 최종 시험을 보러 제주도 비행장에 갔더니 여자가 시험을 보러 왔다고 난리가 났다. 대한항공에서 처음으로 여성 조종사를 뽑을 때였다. 여성 지원자는 총 10명이었는데, 첫날 그녀를 보러 남자뿐이었던 조종훈련생들이 전부 구경을 나왔다. 그중 몇 명은 가르쳐주겠다고 나서서, 이것저것 알려주고 정말 친절하게 설명해줘서 마지막 관문은 비교적 편하게 넘었다.

처음 조종실을 구경하던 날, 이것저것 묻는 그녀에게 기장님은 "너, 이거 하면 잘할 것 같다"고 했다. 그때는 그냥 모두에게 그렇게 말씀하시나보다 하고 흘려들었는데, 입사 후 2년 동안 이어진 훈련 막바지 비행에서 그때 그 기장님과 비행을 하게 되었다.

기장님은 '혹시 승무원 한 적 있느냐'고 먼저 그녀에게 물었다. '인턴으로 한 적이 있다'고 대답했더니, '혹시 그때 내가 너에게 이거 하면 아주 잘할 것 같다고 하지 않았느냐'고 되물었다. 그때의 기억을 까맣게 잊고 있던 그녀는 그제야 기장님의 얼굴이 떠올랐다. 기장님은 '내가 지금껏 딱 세 명에게 그런 얘기를 했는데, 그래서 기억이 난다'고 말했다.

그렇게 그녀는 국내 세번째 여성 기장이 되었다. 동기생이었던 그녀와 남편은 국내 첫 민항기 부부 기장이 되었다.

그녀의 이야기를 들으면서 '너, 이거 하면 잘할 것 같다'는 말이 한 사람의 인생을 어떻게 뒤바꿔놓을 수 있는지 생각했다. 그 기장님은 그녀의 가능성을 특별히 눈여겨보고 건넨 말이었고, 그녀는 그냥 하시는 말씀인가보다 생각했다지만, 한 사람의 말은 종종 어떤 이의 꿈을 바꾸고 삶을 뒤엎기도 한다.

초등학교 시절, 나의 담임선생님도 소풍 때 얼떨결에 사회를 본 나에게 "넌 MC 하면 잘할 것 같다"는 말씀을 하셨다. 그때는 MC가 뭔지도 모르던 내가 선생님께 그게 뭐냐고, 그건 어떻게 해야 될 수 있고, 뭘 잘해야 될 수 있는 거냐고 여쭤봤던 기억이 있다. 선생님은 그때 내게 관심을 가져주셨고, 나의 가능성을 봐주셨고, 그게 나에게 꿈이 되고 희망이 되고 삶의 목표가 되었다. 이런 생각을 하면 지금 이 순간에도 내 주변의 더 많은 사람들에게 관심을 가지고, 더 열심히 그들의 가능성을 봐주고 희망을 말하고 싶다.

여자가 잘할 수 있겠느냐는 의구심에 맞서다
:

현재 대한항공의 조종사는 3천 명 가까이 되고, 그중 여성 기장은 세 명이다. 여성 부기장들이 계속 들어오고 있지만, 입사 이래 지금까지 여성은 늘 관심의 대상이었다. 여자라서 당하는 차별은 없지만, 여자가 잘할 수 있겠느냐는 의구심 섞인 시선들은 늘 있단다.

주위 사람들이 여자인데 잘할 수 있을까 우려하는 눈으로 바라보니, 스스로에 대해서도 어느새 의구심이 드는 순간이 생기곤 했다. 그녀는 그래서는 안 되겠다고 생각했다. 남들이 나의 능력을 의심할수록 나는 나 자신을 더 강하게 믿어야 한다고 생각했다. 그래서 더 자신감 있는 척하려 애도 많이 썼다.

제일 힘든 것은 조금만 잘못해도 크게 부각된다는 거였다. 소수자들이 항상 느끼는 불평등을 그녀도 항상 받아내야 했다. '다르다'는 것은 '틀린' 것이 아님을 그녀도 물론 잘 알고 있었다. 그러나 그것이 인정되는 사회에서도 역시 '다르다'는 것은 힘든 일이다.

여자가 세 명뿐이라 일할 때 차별 대우를 받지 않느냐고 많이들 묻는다. 전문직이기 때문에 특별히 차별받을 일은 없었던 것 같다고 그녀는 대답한다. 다만 느껴질 때가 있다. 비행할 때 '내가 이 기장님한테 차별 대우당하고 있구나' 싶을 때가 있다는 것이다.

어쩔 수 없이 '내가 여자라서 싫어하는가보다'라는 생각이 들 때도 있다.

여자라서 마이너스, 여자라서 플러스
　：

그러나 그녀는 후배들에게 항상 이야기한다. 여자라서 마이너스가 생긴다면 여자라서 받는 이점을 챙겨서 똑같이 만들면 된다고.

실제로 여자이기 때문에 더 많이, 친절하게 가르쳐주려는 기장님들도 있다.

조종은 기술이기 때문에 선배들의 경험에 따른 노하우를 배우는 것이 중요하다. 여자라서 기장님의 기술을 못 배우는 경우가 있다면, 여자라서 딸같이 여기고 하나라도 더 가르쳐주는 기장님들도 있다. 그녀는 그런 분들에게 더 열심히 묻고 부지런히 따라다니며 기장이 되기까지 많은 분들의 도움을 받았다.

이 긍정과 전복의 마인드가 아니었다면 업계의 소수자인 여성으로서 남성들과 동등한 위치에 어떻게 올랐겠는가 싶은 대목이었다. 제복 안에 빛나는 그녀의 강인함이 고스란히 전해졌다.

그녀는 후배들에게 중간은 가야겠다고 생각하면 안 된다는 이야기를 늘 빼먹지 않는다. 중간보다 잘해야 중간이 되고, 훨씬 더 잘해야 중간 이상으로 보일 뿐이라고 그녀는 강조한다. 그녀가 후배들에게 건네는 조언 속에 수많은 남성들 사이에서 그녀가 감내해야 했을 온갖 난관들이 그대로 전해지는 것 같았다. 그러나 그녀는 결코 힘들었다고 이야기하지 않는다. 힘든 게 있으면 좋은 것도 있으니 다 마찬가지 아니겠느냐고 말할 뿐이다.

국내 첫 파일럿 부부의 탄생
:

제복을 입은 그녀의 모습은 한 치의 흐트러짐도 없다. 그런 그녀가 결혼 14년 차 주부에, 초등학교 3학년 남매 쌍둥이를 둔 엄마라니 믿기지가 않았다.

14년을 남편이자 동료로 지낸 김현석 기장에 대해 물으니 그녀의 얼굴이 금세 환해진다. 남편과 같은 일을 하는 아내의 입장에 대해 그녀는 할말이 많았다. 제일 큰 장점은 일 때문에 받는 스트레스에 대해 굳이 설명하고 양해를 구할 필요가 없다는 것이다. 밤을 새우고 오면 얼마나 힘들어할지 잘 알아주고, 동료들이 다 같다는 것도 참 좋은 점이라고 했다. 다만 스케줄이 어긋나면 남편과 한 달에 열흘도 못 만날 때가 있다.

하지만 그녀는 남편이 배우자이자 동료라는 게 든든한 점이 더 많다고 생각한다. 실제로 남편은 그녀에게 가장 든든한 동료다. 그녀가 처음 비행장에 발을 디딜 때부터 지금까지, 남편의 도움이 없었다면 기장 황연정도 없었을 것이다.

그녀가 남자들에게 뒤지지 않는다고 스스로를 늘 믿었던 것도 남편의 힘이 컸다. '나도 하는데, 당신이 왜 못하겠냐'며 자존심 상하지 않게, 마음 다치지 않게 격려하고, 그녀가 최상의 컨디션을 유지하며 힘낼 수 있도록 늘 마음 써주는 고마운 사람이다. 게다가 어쩔 수 없이 여성 기장인 자신이 항상 이목을 끌기 때문에 남편은 남보다 더 조심해야 하는데 그게 늘 미안하다. 하긴 이런 생각을 하는 그녀 역시 영락없는 착한 아내였다.

현재 대한항공의 조종사는 3천 명 가까이 되고,
그중 여성 기장은 세 명이다.
주위 사람들이 여자인데 잘할 수 있을까
우려하는 눈으로 바라보니, 스스로에 대해서도 어느새
의구심이 드는 순간이 생기곤 했다.
그녀는 그래서는 안 되겠다고 생각했다.
남들이 나의 능력을 의심할수록
나는 나 자신을 더 강하게 믿어야 한다고 생각했다.
그녀는 후배들에게 항상 이야기한다.
여자라서 마이너스가 생긴다면
여자라서 받는 이점을 챙겨서 똑같이 만들면 된다고.

아이 볼래? 일할래?
:

아빠 엄마가 모두 기장이니, 두 아이도 파일럿이 되겠다고 하진 않느냐는 질문에 그녀는 고개를 끄덕였다. 아이들이 파일럿 되는 게 굉장히 쉬운 일인 줄 아는 게 걱정이라면 걱정이란다. 아빠 엄마도 기장이고, 집에 놀러오는 이모 삼촌들도 전부 파일럿들이라 다 그렇게 사는 줄 알더라는 것이다.

어렸을 때는 엄마가 짐만 싸면 그저 엄마를 며칠 볼 수 없다는 걸 직감하고 울면서 그렇게 싫어하더니, 학교에 다니기 시작하면서부터 달라진 점이 있다. 비행기 조종사가 멋진 직업이고 동경의 대상이라는 걸 깨달았는지 이제는 '잘 다녀오시라'고 배웅도 해주고, 엄마가

혼이라도 낼라치면 '엄마, 비행 나가'라고 밀해 그녀를 황당히 만들기도 한다.

사실 그녀는 어렵게 쌍둥이를 얻었다. 결혼한 지 5년 만에 그토록 기다리던 아이를 가져서 한없이 좋기는 했는데, 쌍둥이라 겁이 났다. 실제로 낳아보니 쌍둥이 육아는 보통 문제가 아니었다. 너무 힘들었다. 아기를 낳고 1년 쉬다가 복직했을 때는 아이를 낳기 전보다 살이 더 빠져 있었다.

하루종일 단 일 분도 편하게 앉아 쉴 틈이 없는 쌍둥이 엄마의 삶. 이제 아이들이 좀 자라서 둘이 의지하며 씩씩하게 잘 지내는 것이 참 다행이고 예쁘지만, 아기일 때는 정말 힘들었나보다.

엄마들한테 "아이 키우는 게 더 힘들어요? 일하는 게 더 힘들어

요?" 하고 물으면 십중팔구는 '아이 키우는 게 더 힘들다'고 답한다는데, 그녀도 그 말에 100% 공감한다. 차라리 비행을 나가는 날이 쉬는 것 같았다니 더 말해 무엇하겠는가. 일은 오랜 시간 해온 것이고 내 몸이 기억하지만, 한창 자라는 아이들은 럭비공처럼 어디로 튈지 모르니, 일이 아무리 힘들어도 애 키우는 것보다 힘들다는 생각은 안 들더라고 그녀는 웃으며 말했다.

엄마가 건강해야 가정이 건강하다

아기들이 어릴 때는 4~5일씩 비행을 나가면 너무 걱정돼서 말도 못하는 아이들 숨소리라도 들으려고 하루에도 몇 번씩 전화를 해댔다. 요즘은 남편과 비행 스케줄을 조정해 한 사람씩 아이들을 맡는다. 아이들이 많이 자라서 영상통화도 할 수 있고, 그래도 아빠나 엄마 중 한 사람은 꼭 아이들 곁에 있으려고 노력한다.

여느 가정과 달리 엄마가 며칠씩 집을 비우니 아이들과 남편에게 편지도 많이 쓰고 문자도 많이 보내고, 그렇게 서로 사랑을 확인할 수 있다는 점도 좋단다. 역시 긍정적인 사람이다. 어떻게 하면 그렇게 긍정적인 생각을 가질 수 있느냐고 물었더니, 긍정적인 마인드도 노력해서 얻어지는 것 같다고 그녀는 말했다. 그녀는 자신이 원하는 것이 무엇인지 정확히 알고, 그에 뒤따르는 난관들은 거뜬히 이겨낼 용기와 지혜를 가진 사람이다.

파일럿 직군에서는 건강에 대한 규범이 굉장히 엄격하다. 의료원에서 요구하는 조건들이 까다롭기 때문에 그 조건에 부합해서 끝까지 기장으로 살아남으려면 자기 관리를 철저히 해야 한다. 그러면서 그녀는 엄마가 건강해야 집안이 건강한 거라고 힘주어 말했다. 엄마가 자기 자신을 사랑하는 게 정말 중요하다고도 말했다.

"아이들이 '엄마는 세상에서 누가 제일 좋아?'라고 물어요. 분명 둘 중 한 명을 얘기해주길, 자기 이름을 말해주길 바라는 거예요. '오늘은 내가 착한 일을 많이 했으니까 나라고 얘기하겠지?'라고 생각하는 거죠. 전 그럴 때마다 '엄마는 세상에서 엄마 자신을 제일 많이 사랑하고, 그다음으로 너희 둘을 사랑해'라고 말해요. 처음엔 아이들이 '무슨 엄마가 우리보다 엄마를 더 사랑한다고 하느냐'고도 얘기하던데…… 사람은 자기 자신을 사랑해야 다른 사람도 사랑할 수 있다고 생각해요. 자신을 사랑하시 않으면 아무것도 할 수 없어요."

그럼에도 불구하고, 도전하라
:

그녀는 여성들이 쉽게 도전하지 않는 길을 가는 선배로서 책임감과 사명감을 느끼는 듯했다. 그런 그녀가 가장 강조한 것은 도전이었다. 그럼에도 불구하고, 도전하라는 것이다.

"일단 다들 도전 자체를 하지 않아요. 기회가 많지 않으니 내가 뽑힐 수 있을까란 걱정 때문에 도전조차 안 하는 거죠. 그러나 정말 하고 싶다면 우선 도전해야 한다고 생각해요. 도전하고 그 결과를 받아들여야지, 도전하지도 않고 먼저 포기하진 말라고 꼭 얘기하고 싶어요. 하지만 도전하기 전에는 준비가 되어 있어야겠죠. 일단 내가 여기에서 최선을 다하면 어떤 것에도 도전할 수 있다는 생각을 가지시면 좋겠어요."

그녀의 눈이 반짝였다. 실패가 두려워 도전하지 않고, 자신의 꿈을 외면하는 후배들을 볼 때 마음 아프다는 그녀는 한 사람, 한 사람 붙잡고 다 얘기해주고 싶다고 했다. 도전하는 삶만큼 빛나는 삶은 없다고. 그녀는 눈부신 엄마였다.

"아이들이 '엄마는 세상에서 누가 제일 좋아?'라고 물어요.
분명 둘 중 한 명을 얘기해주길,
자기 이름을 말해주길 바라는 거예요.
'오늘은 내가 착한 일을 많이 했으니까
나라고 얘기하겠지?'라고 생각하는 거죠.
전 그럴 때마다
'엄마는 세상에서 엄마 자신을 제일 많이 사랑하고,
그다음으로 너희 둘을 사랑해'라고 말해요.
처음엔 아이들이 '무슨 엄마가 우리보다 엄마를
더 사랑한다고 하느냐'고도 얘기하던데……
사람은 자기 자신을 사랑해야
다른 사람도 사랑할 수 있다고 생각해요.
자신을 사랑하지 않으면 아무것도 할 수 없어요."

'완벽한 엄마'보다는
'행복한 엄마'가
좋아요

지금 이 순간, 노래하고 춤출 수 있어 행복한 엄마_
뮤지컬 배우 **전수경**
Jeon su kyoung

　무대 위에서 너 빛나는 뮤시컬 배우 전수경은 늘 자신감 님지고 당당하며 웃는 모습이다. 그래서일까. 그녀가 이혼과 재혼을 거치며 두 딸을 키워낸 엄마라는 것이, 그녀의 찬란한 무대가 갑상샘암을 이겨내고 다시 선 무대라는 것이 잘 믿기지 않는다. 무대 위에서는 늘 화려하고 당당해 보이지만, 마음 여리고 눈물 많은 그녀를 익히 잘 알고 있는 나는 그녀와의 진솔한 대화가 몹시 기다려졌다.

　한 남자와의 사랑, 결혼, 출산, 육아에서부터 사랑을 잃고 다시 새로운 사랑을 얻기까지, 자신의 두 딸과 행복한 삶을 위해 누구보다 열심히 살고 희망의 끈을 놓지 않았던 그녀의 이야기는 내게 엄마가 얼마나 대단한 사람인지, 엄마의 행복이 얼마나 중요한지 다시 생각해보게 했다.

그냥 지금 하는 거 열심히, 즐겁게 해봐

:

초등학교 시절, 드라마 〈호랑이 선생님〉을 보며 탤런트의 꿈을 키운 그녀는 어린 시절 꿈대로 한양대학교 연극영화과에 입학했다. 연기자가 되고 싶었던 그녀는 대학 시절 내내 방송사 탤런트 시험에 도전했지만, 다 떨어졌다.

이 길은 내 길이 아닌가보다고 생각하고 있을 무렵, 한 교수님이 "너희는 뭐가 될지 모르는 사람들이니까, 뭐든지 도전해봐라"라고 말했다. 그것을 계기로 대학가요제에 도전한 그녀는 동상을 수상했다. 원래는 가수가 꿈이 아니었는데, 여기저기서 가수 제의가 들어왔고, 그녀는 그렇게 앨범을 준비하다가 뮤지컬 무대에 설 기회를 얻었다.

당시는 우리나라에 브로느웨이 뮤지컬이 막 들어오기 시작하던 때였다. 그녀는 윤복희 선생님과 〈캣츠〉 무대에 서는 영광을 안게 되었다. 그때만 해도 뮤지컬은 돈을 벌 수 있는 무대가 아니었다. 아직 어렸던 그녀는 윤복희 선생님에게 가서 이렇게 물었다.

"선생님, 어떻게 하면 그렇게 돈도 많이 벌고 유명해질 수 있을까요?"

선생님이 답했다.

"너, 그냥 지금 하는 거 열심히, 즐겁게 해봐. 그럼, 다 생긴다."

그 말은 정답이었다. 그녀는 뮤지컬 무대 위에서 최선을 다했고, 한국 뮤지컬 시장이 커지면서 수입도 늘었다. 그러다 무대 위에서 한 남자에게 반해버렸고, 스물다섯이라는 어린 나이에 결혼을 했다.

엄마는 왜 아빠랑 같이 살면 안 돼?

:

그렇게 15년을 의지하며 친구처럼 지내던 남편과 이혼을 결심하면서 가장 마음에 걸리는 것은 무엇보다 두 딸들이었다. 아직 어린 딸들에게 언제 말해주는 게 좋을지, 두 사람이 이혼을 결심한 후에도 그녀는 오랫동안 고민했다.

'아이들에게 지금 말해주는 게 좋을까, 더 기다려줘야 하나' 고민하다가 그녀는 참고 기다리기만 하다가 엄마 마음이 너무 팍팍해지고 우울해지는 것도 아이들에게 좋을 게 없다는 결론을 냈다. 가급적 충격을 덜 주는 쪽으로 이야기하려고 최선을 다했다. 그러나 아직 어린 딸들은 엄마의 말이 무슨 뜻인지 잘 이해하지 못했다.

이혼 초기, 딸들이 "엄마는 왜 아빠랑 같이 안 살아?" "아빠랑 다시 살면 안 돼?" 하고 묻기도 많이 물었다. 그럴 때마다 아이들에게 가급적 솔직하게 엄마의 마음을 전하려고 애썼다. 아이들이 100% 이해하지 못하더라도 거짓말을 하거나 감추는 것보다 그게 낫다고 생각했다. 물론 마음처럼 쉬운 일은 아니었다. 그냥 남들처럼 '아빠는 일 때문에 멀리 외국에 가셨어'라고 말할 걸 그랬다는 생각을 한 게 한두 번이 아니었다. 알아듣지도 못하는 아이들에게 엄마와 아빠가 마음이 안 맞는다느니 친구처럼 지내기로 했다느니 하는 말들이 아무 의미 없게 느껴지기도 했다.

'그냥 아이들이 좀더 자라면 자연스럽게 받아들일 일인데 내가 너무 유난을 떠는 건 아닌가, 아이들에게 솔직하겠다고 하면서 내가 아이들에게 더 큰 상처를 주는 건 아닌가' 마음이 하루에도 몇 번씩 널을 뛰었다.

이혼 후에도 시어머니와 함께 살았던 이유
:

남편과 이혼한 후에도 그녀는 시어머니를 모시고 함께 살았다. 주위 사람들은 다들 이해 못하겠다는 반응이었다. 하지만 시어머니와 쭉 함께 살아서 쌍둥이를 다 키워주셨는데, 갑자기 '저희 부부가 이혼을 했으니 이제 쌍둥이와 떨어져 지내셔야 된다'고는 도저히 말씀드릴 수가 없었다.

그녀의 전남편도 어머니를 생각해서도, 아이들에게 현실적인 변화를 덜 느끼게 해주기 위해서도, 그게 좋을 것 같다고 동의해주었다. 그래서 아빠랑은 따로 살면서도 아이들은 그렇게 큰 변화를 느끼지 못했던 것 같다. 남편에게도 언제든 보고 싶을 때 와서 아이들과 놀라고 했다. 그럴 때는 그녀가 자리를 피해주었다.

부부의 인연은 끝났지만 두 딸에게는 영원히 아빠인데, 아빠를 미워하거나 원망하는 마음을 갖게 하고 싶지 않았다. 아이들에게 아빠에 대한 안 좋은 얘기는 한마디도 하지 않았다.

이제는 딸들이 자라서 이따금 아빠 흉을 슬쩍 보기도 한다.

"너희들 남자친구 잘 사귀어야 해. 아빠는 괜찮은 사람이지만, 엄마랑 이런 게 안 맞았어"라고 이야기하면 아이들은 깔깔거리고 웃는다. 하긴 다 자란 우리도 남자를 잘 모르겠는데, 어린 딸들이 뭘 알겠느냐며 그녀와 나도 깔깔대고 웃었다.

결혼한 부부 네 쌍 중 한 쌍이 이혼한다는 요즘, 그녀가 들려주는 이야기와 고민들은 많은 사람들에게 공감 가는 얘기들이었다. 누구나 이혼을 결정할 때 가장 걱정되고 가슴 아픈 것이 아이들 문제일 텐데, 그녀가 엄마로서 힘들고 어려워도 비겁해지지 않으려고 노력했던 얘기들은 내 가슴에 깊숙이 새겨졌다.

그녀는 이혼을 선택할 수밖에 없는 부부들에게 자신의 생각을 전했다.

"자신의 선택이 확신을 줄 때까지 기다리는 시간은 필요하다고 생각해요. 그리고 정말 중요한 건, 아이가 있는데 이혼하는 부부들에게 가장 중요한 건 A/S라는 거예요. 떨어져 살면서도 엄마 아빠로서의 역할을 제대로 해줄 수 있는지 더 많이 생각해봐야 해요. 또 경제적으로 자립해서 정말 잘할 수 있을지도요. 경제적으로 흔들릴 때 아이가 미워지거나 하면 안 되거든요. 이 모든 것에 책임질 수 있는지 생각해보고, 심사숙고해 내린 결정이라면 저는 찬성이에요."

말할 수 없이 두려웠고, 사무치게 외로웠던 시간들
:

그러나 힘든 일은 같이 온다고 했던가. 이혼 후 그녀는 갑상샘암 선고를 받았다. 당시 공연이 5~6개월 정도 남은 상태였고, 처음에는 가벼운 마음으로 공연 끝나고 수술 받으면 되지 않겠느냐고 담당의사에게 이야기했다. 그러나 그녀의 생각보다 상황은 심각했다.

그녀는 이혼을 선택할 수밖에 없는 부부들에게
자신의 생각을 전했다.
"자신의 선택이 확신을 줄 때까지
기다리는 시간은 필요하다고 생각해요.
그리고 정말 중요한 건,
아이가 있는데 이혼하는 부부들에게
가장 중요한 건 A/S라는 거예요.
떨어져 살면서도 엄마 아빠로서의 역할을
제대로 해줄 수 있는지 더 많이 생각해봐야 해요.
또 경제적으로 자립해서 정말 잘할 수 있을지도요.
경제적으로 흔들릴 때 아이가 미워지거나 하면 안 되거든요.
이 모든 것에 책임질 수 있는지 생각해보고,
심사숙고해 내린 결정이라면 저는 찬성이에요."

의사는 당장 수술해야 한다고 말했다. 수술 후 현 상태의 목소리를 보장할 수 없다고도 했다.

20년 동안 뮤지컬만을 해온 그녀에게 목소리 없이 살아야 할 수도 있다니…… 그녀는 실감이 나질 않았다. 극장에 최종 통보하는 날, 그녀는 비로소 실감할 수 있었다. 그녀는 이혼한 상태였고 암 환자였으며 아이들은 고작 아홉 살이었다. 무섭고 외로웠다. 어느 때는 목소리가 정상적으로 나오고, 또 어느 때는 아예 안 나와 5미터 앞에 있는 사람도 부를 수가 없었다.

하루는 운전하다 우연히 CD를 틀었는데, 예전의 자기 목소리가 나왔다. 그 순간, 그녀는 운전석에 그대로 무너져 펑펑 울었다.

'내가 사랑했던 무대를 다시 밟을 수 있을까?' 말할 수 없이 두려웠고 사무치게 외로웠던 시간들이다. 그때 지금은 그녀의 남편이 된 에릭이 다가와 곁에서 큰 힘이 돼주었다.

더 크게 웃어주고, 더 힘차게 박수 쳐주던 관객들
  :

다시 무대에 선 그날을 그녀는 영원히 잊을 수 없을 것이다. 목소리가 아직 100% 컨디션으로 돌아오지 않았음에도 동료들과 제작자, 스태프, 관객들은 그녀를 위해 뜨겁게 박수 쳐주었다. 더 크게 웃어주고, 더 힘차게 박수 쳐주던 관객 한 분 한 분의 눈을 그녀는 지금도 또렷이 기억한다.

동료배우인 최정원이 말했다.

"언니, 걱정하지 마. 언니는 노래를 좀 못해도 돼, 연기가 돼잖아."

다른 동료들도 거들었다.

"노래는 우리가 더 크게 불러줄 테니까 입이라도 더 크게 벌려."

그 순간 얼마나 행복했는지 어떻게 말로 다 설명할 수 있을까. 그때를 회상하는 그녀의 눈가가 붉어졌다. 처음 무대에 섰던 때보다 훨씬 더 두렵고 떨렸지만, 그녀는 동료들이 있어 더는 외롭지 않았다.

'그래! 최대한 즐기자!'

무대에서 가장 중요한 건 나 자신이 그 무대를 진짜로 즐기는 것이다. 공연 마지막에 커튼콜이 다 끝나고 긴장이 풀리자 그녀의 눈에서 저도 모르게 눈물이 흘렀다. 그런 그녀에게 관객과 동료들은 더욱 세차게 박수 쳐주었다.

환하게 한번 제대로 웃어드리지도 못한 엄마
:

아플 때 가장 생각난 건 친정엄마였다. 그녀가 결혼하고 1년 만에 돌아가신 어머니가 그녀는 간절히 보고 싶었다. 갓 결혼하고 아픈 엄마를 간병할 땐 많이 힘들기도 했다. 종일 일하고 밤이면 병원에 가서 엄마를 돌보는 게 체력적으로 힘에 부쳤다. 잠도 못 이기겠고, 너무 힘들다는 생각만 거듭했다. 그때 엄마 병간호를 하며 환하게 한번 제대로 웃어드리지도 못한 게 그녀는 두고두고 마음에 걸린다. 쌍둥이를 낳아서 키워보니 '엄마가 이렇게 밤을 새워가며 나를 키워주셨는데, 내가 고작 그걸 힘들다고 했을까' 깨달았지만 뒤늦은 후회일

뿐이다.

쌍둥이를 낳았을 때도 엄마가 보고 싶었다. 엄마가 있었으면 아이들을 정말 예뻐해주셨을 텐데. 그녀가 갑상샘암 수술 후 방사성 요오드 치료를 받느라 아이들과 같은 밥상에 숟가락을 놓을 수도 없고, 아이들을 안아줄 수조차 없었을 때도 엄마가 계셨으면 얼마나 좋았을까 자꾸 눈물이 났다.

이 또한 다 지나가리라
:

그녀의 반려자인 에릭에 대해 물었다. 딸들에게 서두르지 않고 편하게 다가가려고 노력하는 자상한 사람이란다. 에릭 역시 어머니가 이혼하고 양부 밑에서 자랐기 때문에 양부외의 관계가 얼마나 미묘한지를 잘 안다.

두 딸아이를 처음 만난 날, 그는 그녀에게 '절대 당신이 아이들 감정을 터치하지 말라'고 주문했다. 괜히 아저씨랑 재밌게 놀라거나 아저씨가 좋은 사람이라고 설득해서 친해지게 만들려고 서둘지 말라는 뜻이었다. 그는 '그냥 두면 아이들은 친해지게 되어 있다'고 했다. 그녀는 그의 말을 따라 그냥 내버려뒀다. 그랬더니 딸들과 에릭이 정말로 금세 친해졌다.

그녀는 엄마들이 너무 완벽해지려고 노력하거나 완벽한 엄마가 되겠다는 생각을 버렸으면 좋겠다고 말했다. 특히 싱글맘들의 경우는 여러 가지 역할을 다 해야 하는데, 그걸 어떻게 다 완벽하게 할 수 있겠냐고, 그러면 사는 게 너무 각박해지고 본인 스스로도, 아이들에게도, 주변의 다른 가족들도 힘들게 만들 수 있으니 조금만 더 여유를 가졌으면 좋겠다고 이야기했다.

그녀는 힘들 때 자신을 지탱해주었던 말을 들려주었다.

"이 또한 다 지나가리라."

지금 이 순간 힘들다 해도, 힘든 일도 언젠가는 모두 끝이 난다. 그녀의 말처럼 나는 나 자신이, 그리고 세상의 엄마들이 완벽한 엄마가 되기보다는 행복한 엄마가 되면 좋겠다고 생각했다.

여전히 무대 위에서 보석처럼 빛나는 그녀를 무대 밖에서 만난 오늘, 나는 세상의 모든 빛은 어둠에서 온다는 진리를 마음속 깊이 새겨보았다. 그 깊고 지난한 어둠의 시간을 인내하고 견뎌내고 끝까지 기다린 자만이 빛나는 새로운 날을 맞이할 자격이 있다. 나는 나 자신에게 가만히 그렇게 속삭였다.

그녀는 힘들 때 자신을 지탱해주었던 말을 들려주었다.
"이 또한 다 지나가리라."
지금 이 순간 힘들다 해도,
힘든 일도 언젠가는 모두 끝이 난다.
그녀의 말처럼 나는 나 자신이,
그리고 세상의 엄마들이 완벽한 엄마가 되기보다는
행복한 엄마가 되면 좋겠다고 생각했다.

내 편은
달랑 나 하나,
그래도
꿈꿀 수밖에는

스물두 번의 좌절과 시댁의 반대를 딛고 아름다운 독종이 된 엄마_
쇼호스트 유난희

Yu nan hee

유난희는 국내 최초로 억대 언봉을 받은 쇼호스트다. 단순히 경제적인 성공을 거둔 것뿐만 아니라, 쇼호스트의 사회적 위상을 끌어올린, 후배들의 롤모델이자 시청자들의 믿음직한 친구이며 꿈에 도전하는 젊은이들에게는 신화 같은 존재다. 물건을 파는 게 직업인 이 여자는 가끔 물건을 사지 말라고도 하고, 더 생각해보고 사라고도 하며, 같은 걸 하나 더 살 생각 말라고도 이야기한다. 이와 같은 솔직함과 파격으로 소비자들의 강한 신뢰와 지지를 받고 있는 그녀는 아내로서, 엄마로서는 또 얼마나 당당한 모습으로 자신의 자리를 지키고 있을까.

그러나 그녀는 말한다. 아내로서, 엄마로서, 며느리로서 자신의 삶은 온통 투쟁의 역사라고…… 오직 자신의 '꿈' 하나를 위해 그녀가

얼마나 많은 냉대와 비난과 편견에 맞서야 했는지, 그녀의 얘기를 듣는 내내 마음 한구석이 먹먹해졌다.

『로마인 이야기』에 버금가는 투쟁의 역사
:

그녀가 아이를 낳아 기르고, 한 남자의 아내가 되고, 시댁의 며느리가 되고, 자기 분야에서 최고가 되기까지의 이야기는 『로마인 이야기』에 버금가는 투쟁의 역사다. 뭐 하나 쉽게 되는 게 없었지만, 그럴수록 그녀는 달려들었다. '아름다운 독종', 사람들은 그녀를 그렇게 부른다.

그녀는 아나운서가 되겠다는 꿈을 향해 대학 2학년 때부터 무려 8년 동안이나 아나운서 시험에 도전했다. 지상파 3사는 물론이고, 지방 방송국, 종교 채널 등 스물두 번이나 원서를 냈다. 그러나 번번이 합격의 문턱에서 좌절을 맛봐야 했다. 그러나 실패가 계속될수록 상처받기보다는 오기가 생겼다.

사실 아나운서 시험만 스물두 번을 본 것이고, 대기업, 중소기업 입사 시험과 성우 시험까지 합치면 그녀는 정말 많은 시험들을 봤다. 그런데 당시는 입사 지원자격에 여자의 나이 제한이 엄격했고, 서른을 넘어가니 선택의 폭도 좁아지기 시작했다.

군인이었던 아버지는 딸이 평범하게 살기를 바랐다. 나이 서른도 노처녀 취급을 받던 시절이라 부모님의 성화에 그녀는 결국 결혼부터 하게 되었다. 결혼 후 시댁에서 시어머님을 모시고 살았다. 그러다가 6개월쯤 지났을 무렵, 우연히 쇼호스트 모집 공고를 보게 된 것이다. 대상 연령이 26세부터 45세까지였고, 결혼 유무도 상관없었다.

1995년 당시 나이와 결혼 유무가 상관없는 직장이 있다는 것 자체가 놀라운 일이었다. 그녀가 공고를 본 것은 원서 접수 마지막날이었다. 그녀는 부리나케 찍은 사진을 붙여 원서를 접수창구에 밀어넣었다. 그리고 얼마 후 합격통지를 받았다.

새벽에 출근했다가 새벽에 퇴근하는 신혼댁
:

그러나 고난은 그때부터 시작됐다. 그녀가 일하는 것을 찬성하는 사람이 그녀 주위에 아무도 없었다. 그녀의 편은 달랑 그녀 한 사람뿐이었다. 시어머니, 남편은 물론이고, 친정에서도 반대가 심했다.

시어머니 입장에서 생각해보면 어렵게 뒷바라지해서 의사 공부 시킨 막내아들이 열쇠 세 개는 고사하고 별 내세울 것도 없는 집안의, 그것도 나이 많은 아가씨를 데려와 탐탁지 않은 결혼을 시켰는데, 아들 뒷바라지나 잘해주길 원했던 며느리가 뭔지도 모르는 쇼호스트라는 일을 한다며 진한 화장을 하고 새벽에 나가 새벽에 들어오니 병이 날 노릇이었다.

왜 새벽에 나가고 새벽에 들어와야 했느냐고 물으니, 그때는 쇼호스트가 국내에 없을 때라서 미국에서 찍어온 테이프를 보고 듣고 배워야 했기 때문이란다. 편집실에서 테이프를 천천히 돌려가면서 보고, 뜻을 적어놓고, 공부하다보면 밤을 새우기가 일쑤였다. 그녀는 시어머니 입장에서는 화가 나실 만했다며 웃었다. 그러나 너무 오랫동안 하고 싶었던 일이고, 잘할 수 있다는 확신도 있었다. 그녀는 시어머니가 깨실까봐 새벽에 신발도 벗지 않고 마룻바닥을 기어서 들어갈 정도로 조심했지만, 시어머니는 1년 만에 그녀에게 '이혼'을 이야기하셨다.

너는 일 욕심이 많은 것 같으니 나가라
:

당시는 남편이 레지던트를 할 때라 3일에 한 번씩 집에 들어왔는데, 하루는 시어머니와 그녀가 둘이 밥을 먹는 자리에서 시어머니가 비장한 어조로 말씀을 꺼내셨단다.

"나는 처음부터 네가 미음에 안 들었다. 애도 안 들어서고, 너는 일 욕심이 많은 것 같으니, 나가라."

사실 더 심한 말씀도 하셨던 것 같은데, 기억이 나지 않는다며 그녀는 그 순간엔 눈물도 나오지 않더라고 이야기했다. '내가 뭘 잘못했다고 이렇게까지 얘기하시나' 서운하기만 했다. 설마 진짜 이혼하라는 얘기는 아닐 거라는 생각도 물론 했다.

시어머니 딴에는 큰맘먹고 비장하게 하신 말씀이었는데, 그녀가 그러고 나서도 결국 이혼도 안 하고 일도 포기하지 않으니, 한참을 두고 보시던 시어머니는 어느 날 아들과 며느리를 한꺼번에 쫓아냈다.

"오늘 너희들이 나가면 앞으로 같이 살 일은 없을 거다. 혹시라도 아이가 생긴다 해도 애 맡길 생각은 하지 마라. 내가 진짜 힘들 때 아니면 너희랑 살자고 할 생각 없다."

시어머니는 단호했다. 그리고 두 사람은 그날로 이삿짐을 싸서 집을 나왔다. 그렇게 시댁을 나와 얼마 지나지 않아 그녀는 임신을 하게 되었다. 그것도 쌍둥이를 말이다. 시어머니랑 시누이들은 '이제는 일을 그만두겠지' 하며 속으로 잘됐다고, 쌤통이라고 생각했다고 훗날 이야기해주었다.

큰일은 큰일이었다. 친정아버지가 몸이 안 좋아서 친정엄마가 아이들을 봐줄 수 있는 상황도 아니었고, 주변에 도와줄 사람이 없었다. 보모에게 맡기려고 해도 쌍둥이는 돈이 두 배로 드니 그것도 쉬운 일이 아니었다.

네 애들 말고, 내 아들 보내라
:

아이를 낳고 얼마 지나지 않았을 즈음, 지금쯤이면 힘들어서 집에서 쩔쩔매겠지 하며 시어머니가 새벽에 그녀의 집으로 전화를 걸어왔다. 그런데 웬걸. 며느리는 아직도 안 들어와 있고, 아들이 쩔쩔매며 갓난쟁이들을 보고 있는 상황에 너무 화가 난 그녀의 시어머니는 다음날 바로 그녀에게 다시 전화를 걸었다. 용건은 다짜고짜 '애 보내라'는 것이었다.

그녀가 내심 좋아서 "둘 다 보시려면 힘드실 텐데요"라고 답하자 시어머니는 이렇게 말했다.

"아니, 애비를 보내라."

손자들이 아니라 고생하는 당신의 아들만 보내라는 것이었다. 황당한 마음에 집으로 갔더니 남편은 이미 자기 짐을 싸놓고 있었다. 그렇게 남편은 혼자 본가로 가버렸다. 시어머니도 시어머니였지만, 남편에게 더 화가 났다. 어머니 사랑 듬뿍 받고 자란 막내아들이라, 시어머니에게 대신 따져주고 편들어주기는커녕 그녀와 시어머니 사이의 불화에 대해 늘 모르쇠로 일관하던 남편이었다. 레지던트라 바빠서 자기 몸 하나 건사하기도 힘들었다지만, 해도 너무 했다. '이럴 거면 왜 나랑 결혼했나, 아이가 둘씩이나 되는데 혼자서 어떻게 하나, 당장 내일 출근하려면 어떻게 해야 하지?' 머릿속이 복잡했다.

아무도 안 도와줘도 돼, 나 혼자 할 수 있어

하지만 그녀는 버텼다. 당장 입주 가사도우미를 구하고 싶었지만, 그녀의 벌이로는 그럴 수가 없었다. 출퇴근하며 아이까지 봐줄 수 있는 아주머니를 구해 도움을 청하고 밤에는 퇴근해서 혼자 두 아이를 봤다. 그녀는 집으로 일감을 가져와 아이 재우고 일하면서 그렇게 매일같이 날밤을 새우다시피 했다.

처음 한 달은 그래도 견딜 만했다. 남편에 대한 배신감에 독기를 품어서인지, 그녀는 의외로 할 만하다고 생각했다.

'그래, 아무도 안 도와줘도 돼. 나 혼자 할 수 있어. 그럴 거야!'

그녀는 그 와중에도 매주 주말 시어머니에게 아이들을 보여드리기로 한 약속 때문에 시댁에 갔다. 쌍둥이가 1박 2일을 보내려면 라면박스 네 개 분량의 짐을 챙겨야 하는데, 그게 너무 고됐던지 어느 날 아기들도 그녀도 병이 나버렸다. 사흘 밤낮을 아기들이 자지도 않고 보채기만 하니까 그녀도 결국 쓰러지고 말았다. 아침에 출근하려는데, 눈앞이 뿌예지더니 물건도 잘 보이지 않고, 온몸이 두들겨맞은 것처럼 아파왔다.

보다못해 아기 봐주는 아주머니가 "애엄마, 일 그만둬요. 나도 그만둘 테니" 하고 얘기하는데, 더는 견딜 수 없을 것 같다는 생각이 들었다. 두 달 동안 남편도, 친정도, 그 누구의 도움도 받지 않고 버텼는데, 억울했지만 시어머니가 원하시는 이혼, 해드리자는 생각이 들었다.

그녀는 곧바로 남편에게 전화해서 "아이들 데려가. 유씨 아니고 강씨이니 당신이 데려가 키워"라고 말한 뒤 이혼하자고 했다.

보다 보다 너같이 독한 애는 처음 봤다
:

눈물이 펑펑 흘렀다. 그렇게 한참을 울다가 방송을 하러 출근했더니, 한 선배가 그녀의 모습을 보고 깜짝 놀랐다. 그날 방송을 어떻게 한 건지 기억도 나지 않았다. 방송 내내 머릿속에 오만가지 생각이 떠올랐다.

'이혼하려면 준비를 해야 하는데, 뭘 준비하지? 짐을 싸둬야 하나? 내가 일 때문에 이혼하는 게 맞는 건가? 시어머니는 좋아하시겠지만, 우리 엄마 아빠께는 뭐라고 말씀드리지?' 그동안 이 일을 하기 위해 독하게 매달렸던 시간들이 주마등처럼 스쳐갔다. 그렇게 정신 나간 여자처럼 집에 와보니 남편이 자기 짐을 싸들고 와 있었다.

남편은 어머니께 전화부터 드리라고 했다. 수화기 너머 시어머님의 음성이 들렸다.

"나는 보다 보다 너같이 독한 애는 처음 봤다. 나도 우리 쌍둥이가 예쁘고 보고 싶다. 난 네가 일을 그만두고, 집에서 살림하기를 원해서 그런 건데, 이혼하자는 말까지 할 정도니, 정말 독하다. 이제 더는 일을 그만두라고 하지 않겠지만, 대신 내 자식이나 내 손자가 잘못되면 가만 안 둘 테니 그리 알아라."

그때 시어머니의 냉랭한 음성이 그녀는 지금도 잊히지가 않는다고 했다.

나중에 들으니, 그녀가 일하는 걸 시어머니만큼이나 반대하던 둘째시누이가 암으로 세상을 떠나면서 '올케 일하는 거 반대하지 마라'는 말을 남겼다고 했다. 시어머니도 그 말이 두고두고 생각나더라는 것이다.

그녀는 이야기한다. 그 모든 과정이 그렇게 비참하고 힘들 수가 없었지만, 일하는 순간만큼은 언제나 너무 좋아 미칠 것 같았다고. 그녀의 이야기를 들으며 일하는 엄마로서, 커리어우먼으로서 나는 내 일에 얼마나 미쳐 있는가 새삼 생각해보게 됐다.

'누구 때문에' 일을 그만두지 마라

:

그녀는 그렇게 위기를 넘겼다.

시어머니가 양보해주신 데 대한 감사의 마음도 있었고, 더는 무슨 일이 있으면 용서하지 않겠다는 말씀이 무섭기도 해서, 집안일에도 책임감을 더 가지려고 노력했다. 방송이 없을 때는 최대한 아이들과 놀아주려 했고, 주말에는 바리바리 짐을 싸들고 놀러가기도 했다.

그녀는 직장생활을 하면서 제대로 회식을 해본 적이 없다고 했다. 빨리 퇴근하고 집에 가서 애 봐주는 아주머니랑 교대도 해야 하고, 집에 가서 할 일이 산더미처럼 쌓여 있으니 방송이 끝나면 집에 가기 바빴다.

회식을 해야 직장 사람들과 친해지는데, 회식에 참여하지 않는 그녀를 보고 '저 여자는 딱 할 일만 하고, 사람들과 어울리는 건 좋아하지 않나보다' 오해하는 사람도 있었을 것이다. 회식으로 친해질 기회를 놓치게 되니 더 열심히 일을 준비할 수밖에 없었고, 그렇게 자신이 살기 위해 더 철저히 방송을 준비해야 했다.

그렇게 힘든 시간을 견뎌냈기 때문일까. 그녀는 엄마들이 아무리 힘들어도 '누구 때문에' 일을 그만두지는 않았으면 좋겠다고 말했다. 내가 하기 싫어지면 어쩔 수 없지만, 아이들은 10대만 되면 엄마 품에 없을 것이고 남편의 인생도 내 것은 아닌데, 그 위기를 못 버티고 꿈을 포기하는 게 너무 안타깝다.

그녀가 일하는 걸 시어머니만큼이나 반대하던
둘째시누이가 암으로 세상을 떠나면서
'올케 일하는 거 반대하지 마라'는
말을 남겼다고 했다.
그녀는 이야기한다.
그 모든 과정이 그렇게 비참하고 힘들 수가 없었지만,
일하는 순간만큼은 언제나 너무 좋아 미칠 것 같았다고.

일을 하다보면, 내가 이 일을 정말 좋아서 하는 건가, 사람들이 반대하니까 고통스럽고 힘든데도 그 일을 해 보이고 말겠다는 생각에 오기로 끝까지 매달리는 건가 의심스러울 때가 있다. 내가 남편과 아이를 뒤로하고 이렇게까지 일에 올인하는 게 맞나 자책하게 되는 순간도 온다. 그녀는 '맞다'고 맞장구쳤다. 프로에게는 대충이라는 게 있을 수 없지 않느냐, 남편이나 아이에 대한 미안함 때문에 일에 집중하지 못하거나 포기해서는 절대 안 된다고, 우린 좀더 이기적이 될 필요가 있다고, 그녀와 나는 그렇게 서로를 위로했다.

원하지 않는 일이라도 기왕 하는 거 즐겁게
:

늘 여유로운 미소와 당당한 자신감에 잔 그녀에게 이런 고통의 시간들이 있었다는 걸 누가 감히 상상이나 할 수 있을까. 그녀의 이야기를 듣는 내내 마음이 먹먹하고 답답했다. 그럼에도 불구하고 온갖 역경을 다 이겨낸 그녀를 힘껏 안아주고 싶었다.

그녀는 동시대를 사는 우리 엄마들에게 하고 싶은 말은 없느냐는 나의 마지막 질문에 이렇게 답했다.

"원하지 않는 일을 하고 있더라도 기왕 하는 것이라면 즐기세요. 말의 힘이 생각의 힘을 좌우하니까 즐겁다고 믿고 말하면, 그렇게 됩니다. 지금 꿈꿀 수 없는 처지에 있다면 옷장 속에 예쁜 옷을 사서 넣어둔 심정으로 사세요. 언젠가 입을 기회가 있을 테니까 고이고이 간직하고 수시로 꺼내 보세요. 그러면 언젠가 엄마의 꿈도 실현되는 날이 꼭 올 거예요."

　지금 예쁜 옷을 차려입었든, 그녀의 말처럼 옷장 속에 옷을 고이
고이 간직해두었든, 이 땅의 모든 엄마들이 그녀처럼 소중한 꿈 하나
꼭 품고 살았으면 좋겠다.

"원하지 않는 일을 하고 있더라도
기왕 하는 것이라면 즐기세요.
말의 힘이 생각의 힘을 좌우하니까
즐겁다고 믿고 말하면, 그렇게 됩니다.
지금 꿈꿀 수 없는 처지에 있다면
옷장 속에 예쁜 옷을 사서 넣어둔 심정으로 사세요.
언젠가 입을 기회가 있을 테니까
고이고이 간직하고 수시로 꺼내 보세요.
그러면 언젠가 엄마의 꿈도 실현되는 날이 꼭 올 거예요."

아이를
부둥켜안고
자판을 두드리며

좁은 책상에서 세계의 상처를 기억하고 기록하는 엄마_
작가 **하성란**
Ha seong ran

　　작가 하싱란의 산문집에는 아이를 부둥키인고 자판을 두드리며 글을 쓰는 그녀의 사진 한 장이 나온다. 안아달라 보채는 아이를 무릎에 앉힌 채 마감할 글을 쓰고 있는 한 여성작가의 초상. 나는 그 사진에서 한 작가의 일상풍경을 뛰어넘어 이 땅의 모든 일하는 엄마들의 운명과 열정을 보는 듯했다.

　　그녀와의 만남은 '세월호 사건'이 있고 얼마 지나지 않은 때 이루어졌다. 엄마인 우리들의 가슴은 더욱 비통했다. 무슨 말부터 해야 할지, 무슨 말을 할 수 있을지, 쉽사리 입이 떼어지지 않았다. 그러나 우리는 용기 내어 이야기를 나누기 시작했다. 그렇게 시작된 그녀와의 이야기는 가정과 사회에서 기대하는 '엄마'의 역할에 대한 고통과 반성에서 시작되어 용기와 희망에 이르기까지 긴 시간이 필요했다.

세월호 이후, 엄마로서 할 수 있는 것들
:

그녀는 엄마로서, 국민의 한 사람으로서 '세월호 사건'에 대한 이야기부터 꺼냈다. 세월호 침몰 이후에 무력감을 많이 느끼고, 대한민국의 엄마로서, 작가로서 어떤 목소리를 내야 하나 요즘 고민이 많다고 했다. 그냥 가만히 있으면 안 되겠다, 뭐라도 해야겠다는 생각이 든다는 것이다. 그녀는 아직도 그 모든 일이 너무 충격적이라며 한동안 말을 잇지 못했다.

자신이 너무 세상을 믿고 있었던 게 아닌가, 사회 시스템을 너무 믿어버린 게 아닌가, 나는 엄마로서, 작가로서 무책임했던 것은 아니었을까, 자꾸만 반성이 되었다. 그리고 그렇다면 지금 자신이 할 수 있는 일은 무엇인지 그녀는 고통스러우리만큼 되묻고 있었다. "나는 운좋게 47년을 살아왔다. 그 행운이 미안하다"는 그녀의 문장에서 그녀가 세월호 사건으로 느꼈을 분노와 슬픔이 그대로 전해졌다.

오래전에도 비슷한 일이 있었다. 1999년, 그때 그녀의 큰딸은 여섯 살이었다. 그 비슷한 또래의 유치원 아이들이 수련회를 떠난 화성에서 화재로 인해 많은 어린아이들이 죽어갔다. 이 '씨랜드 사건'은 정부의 사고처리 과정에서 많은 문제점들이 드러나며 국민의 공분을 샀다. 당시 우리나라 필드하키 국가대표였던 김순덕 선수는 그 사건으로 자식을 잃고도 아무것도 할 수 없는 현실이 안타깝다며 국가에 훈장을 반납하고 이민을 떠나기도 했다.

그녀는 같은 엄마로서, 부모로서 그 사건이 남의 일 같지 않았고,

작가적 양심에 글로 기록이라도 남겨야겠다는 생각을 했다. 그녀의 소설집 『푸른 수염의 첫번째 아내』에 실린 「별 모양의 얼룩」이 그때 쓴 단편이다.

당시 여섯 살이던 그녀의 딸아이도 이제 스무 살이 넘었다. 그녀는 지금도 가끔 그때 사고로 죽어간 아이들과 그 부모들을 생각한다. 그리고 15년 만에 '세월호 사건'이 일어났다. 이번 사건은 그때보다 더 절망적이고, 더 어처구니가 없다. 배는 아직 항구에 닿지 않았고, 어떤 아이들은 주검도 찾지 못했으며, 그 아이들의 엄마 아빠는 아직도 팽목항을 맴돌고 있다. 무슨 일이든 해야 한다.

나만의 도서관, 책방, 아지트였던 다락방
:

그녀의 아버지는 출판사 영업부에서 오래 일했다. 당시는 출판사 영업사원이 카탈로그를 가지고 집집마다 방문하여 직접 책을 팔았던 시대여서, 영업사원이 책 배달까지 해주었다. 그래서 어릴 때부터 그녀는 책을 실컷 볼 수 있었다.

사실 '실컷'이란 말은 정확하지 않다. 실컷 볼 수 있는 건 카탈로그 뿐이었다. 아버지가 가져다주시는 카탈로그에는 갖가지 책들에 대한 설명과 요약된 내용들이 빼곡했다. 그녀는 보물섬을 탐험하듯 그 카탈로그의 내용들을 읽고 또 읽으며, 읽고 싶은 책을 찜해놨다가 아버지가 주문된 책을 배달하시기 전날 어쩌다 집으로 책을 들고 오시면, 그 책들을 몰래, 살짝, 안 본 것처럼 읽곤 했다.

초등학교 6학년 때, 세 자매의 장녀인 그녀는 자신만의 방이 갖고 싶었다. 그녀는 이제부터 다락방에서 혼자 자고 싶다고 엄마에게 말했다. 그러나 다락방은 문틈 사이사이 바람이 들어와 너무 추웠다. 그녀는 철 지난 도서 카탈로그들을 가져다가 다락방 벽과 천장을 다 발랐고, 그녀가 세상에서 가장 좋아하는 철 지난 책들을 다락방에 가득 채웠다. 『소공녀』『주홍글씨』『폭풍의 언덕』『톰 소여의 모험』……그녀는 세계문학전집을 닳도록 읽으며 그렇게 유년기를 보냈다.

그곳은 그녀만의 도서관이었고 책방이었다. 아빠가 신간을 가져다주시기라도 하는 날엔 다락방에서 밤을 꼴딱 새워가며 그 책을 다 읽었다. 이어질 내용이 너무 궁금해 책의 마지막 장을 넘길 때까지 그녀는 도무지 잠들지 못했다.

작가 외에 다른 꿈은 꾸어본 적이 없다
:

그녀가 어렸을 때는 요즘처럼 놀이문화가 많지 않았고, 독서가 그녀의 유일한 '놀이'였다. 사실 당시는 책을 읽는 것도 아무나 누릴 수 없는 사치였다. 시골에서는 집집마다 책을 찾아보려 해도 찾아볼 수가 없었고, 그나마 학급문고가 다였다. 도시에 살아도 읽고 싶은 만큼 책을 실컷 사보기는 어려웠다. 책이 귀하던 시절, 책을 좋아하는 그녀에게는 책장사 아버지가 최고였다.

그렇게 책을 많이 읽다보니 자연스럽게 글을 쓰고 싶어졌다. 초등학교 시절 우연히 쓴 동시로 선생님들에게 칭찬을 받은 그녀는 그 이후로 학교 백일장의 단골 수상자가 되었고, 작가 외에 다른 꿈은 꾸어본 적이 없다고 했다.

허리우드 극장의 영사기사로 일했던 아버지 덕에 어릴 적 공짜 영화를 실컷 봤던 나도 그녀와 공감대가 넓어지는 느낌이었다. 그때 영화는 내게 가장 큰 '놀이'였고 신비로운 동경의 세계였으며 말 그대로 '시네마 천국'이었다. 나는 아버지의 영사기 밑에서 어른들의 비밀을 몰래 훔쳐보는 어린 '토토'가 되곤 했다. 그녀에게 책이 그러하듯 영화는 내게 영화 그 이상의 의미가 있다. 어른들의 세계에 대한 동경, 알 수 없는 설렘, 낭만 가득한 추억, 그 안에서 나는 사랑을 꿈꾸고 내 미래를 그리곤 했다.

30년 넘게 글쓰는 일에만 매달려온 셈
:

그러나 세 자매 중 첫째였던 그녀는 아버지의 사업 실패로 인문계 고교 진학을 포기하고 상고에 진학해야 했다.

아버지는 "네가 맏이니까 동생들을 위해 사회생활을 빨리 시작해주면 좋겠다"고 부탁했고, 그녀는 그 말씀을 따랐다. 그녀의 엄마는 지금도 '그때 무리해서라도 너를 대학에 보내지 못한 것이 정말 미안하고 한스럽다' 말한다.

상고에 진학해서도 그녀는 책 읽기와 글쓰기를 게을리하지 않았다. 오히려 더 열심히 글을 썼다. 그녀는 고등학교 1학년 때부터 본격적인 습작을 시작했다. 그러니 그때부터 시작하면 지금까지 30년 넘게 글쓰는 일에 매진해온 셈이다.

왜 고등학교 때부터 그렇게 글쓰기에만 매달렸느냐고 물었더니, 학교 공부가 그녀에게는 전혀 흥미롭지 않았기 때문이라고 했다. 당시는 공부를 잘해야 좋은 상고에 갈 수 있었고, 여자가 상고를 나와 은행에 취직하는 게 최고의 엘리트 코스에 속했다. 그러나 그녀는 '엘리트'가 될 생각도, 될 수도 없다고 생각했다.

그녀는 졸업 후 아버지의 말씀대로 직장에 다니며 돈을 벌었다. 동생들이 학교를 마칠 때까지 그렇게 성실히 4년간 직장생활을 했다. 그러고 나서 그녀는 늦은 나이에 서울예대 문예창작과에 진학했다. 어떻게 하면 더 좋은 글을 쓸 수 있는지, 소설 작법은 뭔지, 그녀는 모두 배우고 싶었다. 하지만 지금 돌아보면 그건 굳이 대학을 가서 공부하지 않아도, 더 많은 책을 읽고 더 열심히 책을 읽다보면, 시간이 해결해줄 수 있는 문제였다는 생각도 든다며 편안하게 웃어 보였다.

아이를 부둥켜안고 자판을 두드리며 글을 쓰다
:

그녀의 작가 데뷔는 결혼을 하고 아이를 낳은 후에 이루어진 일이었다. 1996년, 그녀는 집에서 큰아이를 업고 일을 하다가 서울신문 신춘문예에 당선됐다는 전화를 받았다.

애를 키우면서 글을 쓴다는 게 정말 힘든 일이었을 것 같다는 내 말에, 그녀는 둘째를 낳고서는 산후조리원에서 원고 마감 독촉 전화를 받고 글을 쓴 적도 있다고 덤덤하게 말했다.

　부엌과 거실 사이에 상 하나 펴놓고 새벽녘 텔레비전에서 새어나오는 사람들의 목소리를 들으면서, 늘 그렇게 글을 썼다는 그녀는 사무실 의자에 제대로 앉아 글을 쓰기 시작한 게 사실 얼마 되지 않는다고 했다. 그런 상황에서도 어떻게 그처럼 세밀하고 날카로운 묘사들로 가득한 문장들을 쓸 수 있었을까.

　분명 아이를 키우며 작가로 산다는 것은 결코 쉽지 않은 일일 것이다. 그녀는 다시 태어날 수 있다면 결혼도 안 하고, 아이도 낳지 않고, 오직 작가로만 살고 싶다고 얘기했다. 나는 그녀의 그 한마디로 그녀가 얼마나 치열하게 살아왔는지 다 알 수 있을 것만 같았다.

　그래도 아내이기 때문에, 엄마이기 때문에, 쓸 수 있는 것들도 있지 않았느냐는 내 물음에 그녀는 물론 그런 것들도 있겠지만, 다시 태어난다면 아내, 엄마로서 말고 더 재미있고, 더 새로운, 완전히 다른 경험들을 하고 싶다며 웃었다.

　엄마, 아내, 여자들을 위한 토크콘서트를 준비하며, 나는 이 땅의 여성들이 얼마나 힘들게 살고 있는지 많은 사연들을 접할 수 있었다. 그 속에는 물론 나의 이야기도 들어 있었다. 아이가 밤새 고열에 시달려도 아침 일찍 병원에도 직접 못 데려가고 출근해본 엄마들은 그 마음이 얼마나 찢어지는지 잘 안다. 칭얼거리는 아이를 달래며 대본을 읽고 청탁받은 칼럼을 쓰며 한숨을 쉰 적도 한두 번이 아니다. 어쩌다 일이 없어 집에 있어도 엄마는 쉴 수가 없다.

애를 키우면서 글을 쓴다는 게
정말 힘든 일이었을 것 같다는 내 말에,
그녀는 둘째를 낳고서는 산후조리원에서
원고 마감 독촉 전화를 받고
글을 쓴 적도 있다고 덤덤하게 말했다.
부엌과 거실 사이에 상 하나 펴놓고
새벽녘 텔레비전에서 새어나오는
사람들의 목소리를 들으면서,
늘 그렇게 글을 썼다는 그녀는
사무실 의자에 제대로 앉아 글을 쓰기 시작한 게
사실 얼마 되지 않는다고 했다.

콘서트를 준비하며 내 주위의 엄마들에게 제일 가고 싶은 곳이 어디인지 물었다. 그랬더니 '아무 데도 안 가고 싶고, 식구들 다 나간 집에 혼자 있고 싶다'는 답변이 정말 많았다. 속상했다. 그 말에 너무도 공감 가는 나도 슬프고, 자유 시간이 주어져도 혼자 어디 딱히 갈 데도 없는 엄마들의 처지가 그렇게 슬플 수 없었다.

아이에게 책을 읽어주는 게 참 좋았다
:

그녀의 나이 스물아홉, 단편소설 「풀」로 당선 소식을 들었을 때, 그녀의 등에 업혀 있던 갓난아기는 이제 20대 아가씨가 되어 엄마처럼 글을 쓰고 싶어한다.

딸이 아기 때부터 다른 건 다 못해줘도 책 하나는 정말 열심히 읽어주었더니 그렇게 됐나보다며 그녀는 또 웃었다. 그녀는 첫째아이를 키울 때 정말 열심히 책을 읽어줬다. 하도 많이 읽어줘서 불을 끄고도 책 내용을 달달 외워 들려줄 수 있을 만큼, 그녀는 아이에게 책을 읽어주는 게 참 좋았다.

아들에게 똑같은 책을 열 번이고 스무 번이고 읽어주다 늘 지쳐버리는 나는 그녀가 존경스러워졌다. 자기 전에 책을 읽어준다고 하면, 낑낑거리며 책을 열 권씩 가져와서 다 읽어달라는 아들, 그런 아들에게 두 권만 읽어줄 거라고, 절대 그 이상은 안 된다고, 그것도 나머지 여덟 권 제자리에 다 갖다놓고 와야 읽어주겠다고 으름장을 놓는 나는 누구인가, 엄마 맞나? 그녀에게 책 잘 읽어주는 엄마의 노하우를 물었다.

그러나 그녀는 의외의 답을 했다. 그녀의 여섯 살 난 아들은 또 책 읽는 걸 정말 싫어해서 방법이 없단다. 독서는 역시 습관인데, 요즘은 시대가 많이 변하고 미디어가 발달하면서 아이들에게 책을 읽히는 것이 쉽지 않은 일이 되었다고 그녀는 말했다. 그러나 아무리 재미있는 영화나 게임들이 많이 나와도 책을 통해서만 얻을 수 있는 생각의 힘, 사고의 시간은 꼭 필요하다며 우리는 아들 가진 엄마로서 서로를 위로했다.

남성이나 여성에 대한 편견이 무의미해진 세상
:

그녀는 남편과 함께 운영하는 출판기획사에서 남편과 한 공간에서 일했다. 남편과 함께 일하는 것이 불편하진 않았느냐는 나의 질문에 그녀는 남편과 일할 때는 철저히 동료로서 일하기 때문에 불편한지는 잘 모르겠다고 얘기했다.

오히려 남편과 동료로 일하면 남편을 더 객관적으로 바라보게 되어 좋은 점도 있다. 남편을 보면서 어린 시절 자신이 막연히 아버지에게 품었던 의지력에 대한 기대감 역시 스스로 만들어낸 남자에 대한 편견이 아니었을까 생각한다. 일하면서 보니 남편에 대한 막연한 기대와 바람 같은, 자신이 쌓아놓은 편견을 오히려 깨는 계기가 되었다며, 남편도 그냥 똑같이 하나의 인간일 뿐임을 느끼게 되어서 다행이라고, 그녀는 웃으며 말했다.

그녀는 남성이나 여성에 대한 편견이 이제 무의미해진 세상 같다는 말도 했다. 소설을 쓸 때도 그녀는 중성적인 입장을 고수하려고 노력한다. 여자, 남자, 그런 거 하지 말고, 인간 대 인간으로 살아야 한다는 얘기다.

아직 설레는 일이 더 많이 남아 있기를

:

새 책을 쓸 때마다 매번 새롭게 힘들지만 그녀에겐 그래도 소설 쓰는 일이 가장 재미있는 일이다. 어떤 소재로 이야기를 써야 할까, 어떤 식으로 풀어낼까, 그녀는 아직도 그 모든 게 다 재미있다. 가끔은 아무것도 잡히지 않고, 어둠 속을 걸어가는 것처럼 막막하기도 하지만, 소설 한 편을 끝냈을 때의 쾌감은 견줄 데가 없다. 그래서 작가가 되겠다는 딸아이를 그녀는 이제 말리지 않는다.

그녀는 어린 시절에 등단했더라면 자신은 아마 지금까지 글을 쓰지 못했을지도 모른다고 말했다. 힘들고 고단했지만 그래서 버틸 수 있었고, 습작 기간이 길었기 때문에 어떤 상황이 주어져도 글을 쓸 수 있었다.

책 한 권은 너끈히 채울 만한 삶의 굴곡이 생겼지만 아직도 가슴 뛰게 할 일은 많다는 그녀의 얘기처럼, 우리 모두의 인생에도 설레는 일이 더 많이 남아 있기를…… 그녀와 이야기를 나누는 내내 기도하는 마음이 되었다.

남편을 보면서 어린 시절 자신이 막연히
아버지에게 품었던 의지력에 대한 기대감 역시
스스로 만들어낸 남자에 대한 편견이 아니었을까 생각한다.
남편도 그냥 똑같이 하나의 인간일 뿐임을
느끼게 되어서 다행이라고,

그녀는 웃으며 말했다.
그녀는 남성이나 여성에 대한 편견이
이제 무의미해진 세상 같다는 말도 했다.
여자, 남자, 그런 거 하지 말고,
인간 대 인간으로 살아야 한다는 얘기다.

엄마가 되자
더 깊고
넓어진 세상

스타가 되기보단 오래도록 삶을 연기하고픈 씩씩한 쌍둥이 엄마_

배우 **박은혜**

Park eun hye

　　드라마 〈대장금〉에서 장금이의 오랜 벗 '연생이'로 분했던 박은혜는 단아하고 선한 이미지로 많은 사람들에게 사랑받는 여배우다. 아직도 소녀 같기만 한 그녀가 이미 결혼했고, 게다가 아들 쌍둥이를 둔 엄마라는 얘기를 들으면 사람들은 깜짝 놀라곤 한다. 아들 둘을 키우려면 엄마는 소대장이 된다던데, 저렇게 착하고 여린 이미지의 박은혜가 쌍둥이를 어떻게 키울까 쉽게 상상이 가질 않았다.

　　그러나 만난 지 삼 분도 채 지나지 않아 우리는 수다쟁이 아줌마가 되었다. 장난꾸러기 아들 키우는 얘기부터 시작해 유산의 아픔에 대한 기억까지 우리는 연신 웃다가 울다가, 울다가 웃다가 했다. 엄마라는 건 생각보다 훨씬 힘든 일이지만, 그만큼 상상도 할 수 없던 행복도 주어진다며, 우리는 엄마가 되고 나서 그 이전과는 완전히 다른

세상을 알게 해준 아이들 얘기로 시간 가는 줄 몰랐다.

신혼에 찾아온 유산의 아픔
:

드라마 〈이산〉으로 한창 인기를 얻던 2008년 결혼한 그녀는 신혼 초에 가슴 아픈 일을 겪었다. 소중한 아기가 유산된 것이다. 뜻하지 않은 유산은 그녀를 조급하게 만들었고, 두려운 마음에 유산 후에 일을 하기가 겁이 났다. 한동안은 다시 임신해야 한다는 생각과 언제 임신이 될지도 모르고, 임신해도 또 잘못될까봐 너무 무서워서 아무 것도 할 수 없었다. 아기는 좀처럼 다시 생기지 않았다.

주위 사람들이 차라리 그냥 일을 하라고, 일해도 생길 때 되면 다 생긴나고 하는 말이 곱게 들리지 않았다. 행복하기만 할 줄 알았던 신혼에 찾아온 유산의 아픔이 너무 컸기 때문이다. 별일 아니라는 듯한 주위의 위로에 그녀는 속으로 '행복한 소리 하네. 자기는 건강하지만, 난 아닐 수 있는데…… 본인이 임신에 성공했다고 다 성공하는 게 아닌데 어떻게 저리 대수롭지 않다는 듯 말하지?'라고 생각하며 기분 나빠하기까지 했다.

지금 생각하면 주위 사람들의 얘기가 다 맞았다. 하지만 당시는 자신의 아픔이 너무 커서 다른 이들의 얘기를 듣고 여유 있게 웃어넘길 수 없었던 것이다.

나 역시 유산의 아픔을 겪었기 때문일까. 그녀의 말에 주책없이 눈물이 흘렀다. 자식을 키우다가 잃는 아픔만큼 큰 고통이 없다는

데, 뱃속의 아이를 잃는 것도 정말 가슴 아픈 일이다. 임신 사실을 알게 되는 순간부터 뱃속의 아이와 이야기 나누고, 늘 내 몸 안에 함께 있다는 일체감이 컸던 나는 뱃속의 아이를 건강하게 지켜주지 못한 엄마로서의 죄책감과 내 몸의 한 부분을 잃어버린 것만 같은 상실감에 슬픔을 주체하기 힘들었다. 직업의 특성상 사람들에게 늘 웃음과 즐거움과 희망을 이야기해야 하는 나는 그런 내 상황이 견디기 더 힘들었다. 아기들의 모습만 봐도 가슴이 무너졌고, 어디서 아이 울음소리만 나도 눈물이 흘렀다.

그러던 어느 날, 나는 우연히 병원 집중치료실에서 치료받고 있는 갓난아기들을 보았다. 빈 곳이 보이지 않을 만큼 온몸에 온갖 장치들을 붙이고 꽂고 있는 아가들의 모습은, 내게 유난히 더 충격적이고 가슴 아팠다. 그리고 그 집중치료실 앞에서 자신의 아이를 바라보며 하염없이 눈물 흘리는 엄마들을 보고, 그들의 이야기를 들으면서 가슴이 무너졌다.

나는 내 아기를 지켜주지 못했지만, 다행히 세상에 태어나준 이 아기들은 건강하게 자라주면 좋겠다는 생각이 간절했다. 슬퍼하는 엄마들과 힘들어하는 아가들을 보면서 저도 모르게 그들에게 위로를 건네고 있는, 작은 용기라도 주고 싶어하는 나 자신을 보았다. 이야기를 나누는 동안 그녀와 나는 조용히 삭여야 했던 그때의 슬픔에 둘 다 눈시울이 붉어졌다.

내 아이가 행복하려면 저 아이도 행복해야 해요
:

그렇게 힘든 시간이 지났고, 계속 아기가 생기지 않자 그녀는 자포자기하는 심정이 되었다. 남편에게 "아기 없이 우리 둘이 살면 되지, 뭐!"라고 말하며 마음을 비웠다. 그리고 얼마 지나지 않아 임신 사실을 알게 되었다. 그리 어렵게 찾아온 아이는 쌍둥이였다. 신기하기도 하고 약간 겁이 나기도 했다. 가슴 졸이며 기다린 아이였지만, 내가 한꺼번에 둘을 잘 키울 수 있을까.

그러나 엄마는 용감했다. 걱정보다는 기다림의 설렘이 컸다. 임신 사실을 안 순간부터 신기하게도 세상이 달라 보였다. 길을 걷다가 아기들을 보면 저도 모르게 '쟤네들이 정말 행복했으면 좋겠다'는 생각이 들었다.

"내 아이가 행복하려면 저 아이도 행복해야 하더라고요. 같은 반이 될 수도 있고, 언젠가 만날 수도 있고요. 사회의 범죄나 사건을 줄이려면, 아이들이 행복하게 자라야 한다고 생각해요. 결국 우리 아이와 동시대를 사는 아이들이 다 행복하고 사랑받으면서 살았으면 좋겠어요."

엄마가 되는 순간, 삶과 타인에 대한 생각부터 자연스럽게 바뀌어버리는 스스로가 그녀는 마냥 놀라웠다. 지금도 마찬가지다. 아이가 곁을 지나가면 그냥 지나치지를 못하겠단다. 한번 만져주고 '예쁘다'고 칭찬도 해주고 나서야 발걸음을 옮기게 된다. 예전에는 드라마를 찍을 때 아역 탤런트랑 촬영하다가 말을 잘 안 듣거나 하면, '얘는 왜 이렇게 말을 안 듣지?' 하면서 속으로 스트레스도 받고 야단도 치고 했는데, 다시 생각해보면 참 미안한 생각이 든다.

'그때 그걸 왜 이해 못했을까? 아이인데……'

지금은 아이들이 저절로 이해가 된다. 그리고 아이 키우는 엄마들도 다 이해가 된다. 그렇게 세상을 다 이해하고 다 사랑할 수 있을 것 같은 그녀는, 그렇게 엄마가 되었다.

일이 소중하고 세상이 감사했다
:

비단 아이들이나 엄마들에 대한 생각만이 아니다. 결혼을 하고 두 아이의 엄마가 되다보니, 다른 사람들의 마음 하나하나가 그렇게 다 이해될 수가 없었다. 예전에는 '왜 그럴까?' 했던 것이 이제는 '힘들어서 그럴 거야. 이유가 있을 거야' 하며 저절로 다 이해가 된다.

출산 후 한동안 쉬었다가 다시 일을 하면서 그녀는 일의 소중함도 깨닫게 되었다. 예전에는 그냥 일이니까 힘든 게 당연하다 생각했는데, 이제는 어디선가 누군가 자신을 찾아주는 것만으로도 감사한 생각이 든다.

"일할 수 있다는 것만으로도 감사하죠. 가만히 생각해봤어요. 이제 내게 필요한 게 뭘까? 저도 이제 30대 중반을 넘어서 스타로 계속 승승장구하겠다는 마음을 가질 일은 아니잖아요. 같이 촬영하는 선생님들을 뵈면서 '선생님 연세까지도 멋지게 일하기 위해서 내가 지금 이 일을 하는 게 아닐까' 하고 생각해요.

"내 아이가 행복하려면 저 아이도 행복해야 하더라고요.
같은 반이 될 수도 있고, 언젠가 만날 수도 있고요.
사회의 범죄나 사건을 줄이려면,
아이들이 행복하게 자라야 한다고 생각해요.
결국 우리 아이와 동시대를 사는 아이들이
다 행복하고 사랑받으면서 살았으면 좋겠어요."

어렸을 때는 아무것도 모르니까 그냥 연기하고 싶고 유명해지고 싶은 마음이었다면, 50대, 60대 때 계속 일하기 위해서 지금 발판을 다지지 않으면, 그때 가서는 결코 선생님들처럼 될 수 없을 것 같은 거예요. 그래서 일을 대하는 자세도, 사람을 대하는 것도, 인연도 소중하게, 그렇게 지금부터 60대를 준비해야 하는 게 아닐까 싶어요."

결혼과 출산을 겪으면서, 일에 대한 나의 생각도 그녀처럼 많이 변했다. 처음에는 일이 줄어드는 게, 대중의 시선에서 비켜가고 있다는 게 솔직히 불안하기도 하고 서운하기도 했다. 하지만 시간이 지나면서, 나의 상황에서 한발 떨어져 객관적인 눈으로 바라보려 노력했고, 조금씩 생각을 고쳐먹게 되었다. 진행자로서의 일은 내 직업이다. 다른 많은 직장인들처럼, 승진을 하든 그렇지 못하든, 누가 당장 알아주든 알아주지 않든, 내일매일 내 일을 위해 최선을 다하면 되지 않겠는가 생각하게 되었다. 그렇게 나는 누군가에게 선택받기를 기다리기보다 내가 할 수 있는 일들을 먼저 찾아 해나가기 시작했다.

그러면서 놀랍게도 내가 해야 할 일은, 나를 필요로 하는 곳은, 아직 너무도 많다는 것을 깨달았다. '인기를 얻고 돈을 많이 버는 게 중요한 게 아니다.' 나는 초심으로 돌아갔다. 내가 왜 이 일을 그토록 하고 싶었고, 나로 인해 위로받고 즐거워하는 사람들이 있다는 것만으로도 이 일이 얼마나 소중하고 감사했는지에 생각이 미치자, 불안하고 서운하던 내 마음이 반성이 되고 괜히 부끄럽게 느껴졌다.

그런 노력의 시간 속에서 나는 여자들을 위한, 엄마들을 위한 토크쇼를 기획했다. 쇼는 성공적이었다. 기대했던 것보다 뜨거운 사랑과 지지를 얻으면서 내가 옳았다는 자부심을, 내가 가야 할 길과 해야 할 일들에 대한 더 큰 확신을 얻었다.

'결혼하고 나서는 식구들 챙기느라 나를 위해 돈 쓸 엄두가 안 났는데, 티켓 가격이 비싸지 않아 큰 부담이 안 돼서 너무 좋다' '시댁, 남편, 자식 스트레스 다 풀고 가는 것 같다. 또 해달라' '나 말고 다른 여자들도 다 비슷한 고민을 하고 있다는 것만으로도 위로가 된다' '결혼하고 처음으로 친정엄마와 데이트했다. 엄마도 나도 이렇게 마음껏 웃어본 게 얼마 만인지 모른다. 속이 다 후련하다' '어떻게 이렇게 여자들 마음을 잘 알아주나? 이렇게 신나게 아무 생각 않고 놀아본 게 얼마 만인지 모르겠다'며 전국에서 콘서트를 보기 위해 찾아와준 관객들의 이야기를 들으며, 나는 내가 엄마라는 게, 우리가 여자라는 게 감사했다.

205

쌍둥이 육아는 두 배가 아니라 네 배쯤 힘든 것 같아요
:

그래도 아들 쌍둥이 키우는 일이 힘들 때는 없느냐, 아이 엄마 같지 않게 여전히 아름다운데 집에서 거울 보며 가꿀 시간은 있느냐는 내 말에 그녀는 말도 말라며 손사래부터 쳤다.

"거울 볼 시간도 없죠. 웬 거울이요? 아기가 있는데 거울을 본다고요? 그러면 굉장히 여유 있는 삶이죠. 제일 부러울 때가 수영장 같은 데 놀러가면 아기 하나 있는 부부가 한 명은 아기 데리고 놀고, 한 명은 선탠하고 누워 있고, 그렇게 번갈아가면서 아기랑 노는 거예요.

"일할 수 있다는 것만으로도 감사하죠.
가만히 생각해봤어요. 이제 내게 필요한 게 뭘까?
저도 이제 30대 중반을 넘어서 스타로 계속
승승장구하겠다는 마음을 가질 일은 아니잖아요.
같이 촬영하는 선생님들을 뵈면서

'선생님 연세까지도 멋지게 일하기 위해서
내가 지금 이 일을 하는 게 아닐까' 하고 생각해요.
그래서 일을 대하는 자세도, 사람을 대하는 것도,
인연도 소중하게, 그렇게 지금부터
60대를 준비해야 하는 게 아닐까 싶어요."

우리는 화장실 갈 시간도 없어요. 연년생만 돼도 괜찮을 것 같은데, 우린 둘이 동시에 안고 있어야 하니까요. 안 그러면 너무 위험해요."

그녀는 쌍둥이 엄마가 얼마나 정신없이 사는지 얘기하며 아이가 두 명이면, 힘든 것은 두 배가 아니라 한 네 배쯤 되는 것 같다고 말했다.

"일과는 똑같은데, 시간이 두 배 걸린다고 생각하면 돼요. 만약에 경림씨가 아침에 일어나서 아이한테 밥을 먹였다, 그러면 밥을 먹이고 끝나자마자 한 명을 또 앉히고 먹인다고 생각하면 돼요. 그런데 잘 먹는 아이면 상관없는데, 저희 아이들은 오래 먹고, 잘 안 먹어서 한 명을 한 시간씩 먹이거든요. 그러면 끼니때마다 거의 두 시간 동안 싸움을 하면서 먹이죠. 그렇게 아침 먹으면 곧 점심 먹을 시간 되고, 또 금방 저녁 시간 닥치고, 그렇게 하루를 보내요. 목욕도 마찬가지죠. 제가 한 아이 붙들고 목욕시키는 동안 남편은 또 한 명을 봐야 해요. 어디 나갈 때도 그래요. 아이들이 얌전하게 가만있는 것도 아니고, 막 도망 다니잖아요. 적어도 한 시간 전에는 준비해야 돼요. 짐을 싸면 숟가락도 두 개, 밥그릇도 두 개, 보온병도 두 개, 다 두 개씩 준비하죠. 아이 둘 데리고 잠깐 외출하더라도 챙겨야 할 짐이 거의 이삿짐 수준이에요. 하루 온종일 아기 뒤치다꺼리하다 끝나죠."

쌍둥이 엄마의 수다는 끝이 날 줄 몰랐다. 두 아이 키우려면 엄마가 힘들겠다는 내 질문에 그녀의 이야기는 결국 아이들이 밥을 잘 안 먹어서 속상하다는 얘기로 끝이 났다. 엄마들이란 다 똑같다. 무슨 얘기를 하고, 어떤 주제를 던져도 결론은 다 아이 얘기로 끝난다.

박수를 쳐가며 깔깔거리고, 아이 키우는 일이 힘들다며 목소리가 자꾸 커지는 이 여자가 내가 알던 배우 박은혜가 맞나 싶을 정도였다.

나의 둘째언니도 쌍둥이 엄마다. 어느 날 친정 식구들이 모인 자리에서 둘째언니가 자꾸 "내가 방금 화장실 갔다 왔나?" "내가 이 얘기 했던가?" "내가 방금 아이를 업고 있지 않았니?" 하며 물었다. 우리는 정신없다며 왜 그러느냐고 의아해했다. 그랬더니 언니가 쌍둥이 키우는 엄마들은 내가 방금 밥을 먹었는지, 서 있었는지 앉아 있었는지도 헷갈릴 때가 많다고 했다. 화장실도 문을 유리로 바꾸든지, 아예 떼어버리든지 해야지, 잠깐 화장실이라도 갈라치면 그새를 못 참고 아이들이 울고 난리가 나서 어떤 때는 아이들이 잠들기를 기다려서 한참 참다가 화장실을 갈 때도 있다는 거였다.

"맞아요. 아이들 밥 먹이면서 흘리는 거 주워 먹는 게 끼니의 다일 때도 있어요"라고 맞장구치는 그녀도 나의 언니도 웃음이 나면서도 짠했다.

힘겨웠던 모유 수유로 죄책감마저 들어
:

그녀는 모유가 잘 안 나와 무척 고생했다. 이런 경우 엄마의 고생도 고생이지만 아이에게 모유를 양껏 먹이지 못하는 것이 더 마음 아픈 법이다. 모유 수유를 하면서 간도 안 된 음식만 먹고, 매운 것도 전혀 못 먹으니 식욕이 없어졌다. 그래도 어떻게든 먹어야 하는데, 그마저도 고통스러웠다. 유축기로 계속 모유를 짜내고, 세 시간에 한 번씩, 그것도 두 명이나 먹여야 하니 살은 절로 빠졌다. 세상의 모든 엄마들이 존경스러워지는 순간이었다.

우리 엄마는 어떻게 이걸 했나. 모유 먹이겠다고 자기 자신은 먹고 싶은 것도 못 먹고, 그렇게 겨우겨우 짜낸 우유를 아이들은 잘 먹지도 못하고…… 먹지도 못하고 먹이지도 못하는 서러움에 눈물을 왈칵왈칵 쏟은 적이 한두 번이 아니었다.

그녀는 모유가 잘 안 나오거나 직장생활 때문에 모유 수유를 못하고 분유를 먹이는 엄마들을 향해 아기에게 지나치게 미안해할 필요 없다는 얘기를 꼭 하고 싶다고 했다. 자신이 모유가 잘 안 나와 아이들에게 죄책감마저 든다고 하니까 담당 의사선생님이 분유가 모유에 비해 영양이 떨어지는 게 아니니까 그럴 필요 없다고 조언한 적이 있다. 모유 수유가 어렵다면 아이와 밀착해서 사랑을 가득 담아 분유를 먹여도 된다고, 그래도 괜찮다고 그녀는 몇 번씩 이야기했다.

엄마, 딱히 잘못하지 않아도 늘 미안한 사람
:

쌍둥이를 키우면서 그녀에게 가장 큰 힘이 되는 사람은 남편이다. 남편은 아기들을 정말 잘 돌본다. 한마디로 그녀보다 남편이 아이들을 더 잘 본다. 그녀보다 잘 놀아주고, 밥도 더 잘 먹인다. 그래서 한동안 남편이 매일같이 아이들 아침 먹이고 회사 가고, 퇴근해서 아이들 저녁 먹이고 했는데 잘한다고 쉬운 것은 아닌가보다. 그사이에 남편 살이 쪽 빠지더란다.

얼마 전 아이들의 생일이었다. 그녀는 스튜디오 녹화가 있어서 하루종일 아예 아이들을 볼 수가 없었다. 그런데 그날 남편이 아이 둘을 데리고 아침 일찍 놀이동산에 가서 사파리도 보여주고, 점심때는 생일 이벤트를 해주는 패밀리레스토랑에 가서 아이들과 점심 먹고 사진 찍어서 문자로 보내주었다. 남자 셋만 찍힌 그 사진을 보니 마음이 울컥했다. 환하게 웃고 있는데도, 아이들이 그렇게 쓸쓸해 보일 수가 없었다.

집에 돌아와 남편이 그날 녹음한 것을 들려주는데, 또 눈물이 났다. "재환이, 재호야! 오늘은 엄마가 없지만, 다음 너희 생일엔 엄마가 있었으면 좋겠다"라고 녹음한 남편에게 미안하고, 아이들에게 또 미안해서 눈물이 났다.

엄마는 이렇게 뭘 딱히 잘못하지 않아도 늘 더 해주지 못해 미안한 사람이다. 그녀와 나는 손을 꼭 붙들고 절대 그러지 말자고, 우리가 뭘 잘못한 것도 아니지 않느냐고, 괜히 미안해하고 자책하지 말자고 다짐했다. 그러나 아이들이 커가는데, 일하느라 함께해주지 못하는 순간순간들이 늘 마음에 남아 있는 건 어쩔 수 없다.

엄마는 엄마라는 존재 자체만으로도 위대해
:

그녀와 나는 일하는 엄마들의 고충에 대해 한참을 이야기했다. 그리고 하루종일 아이들과 씨름하며 지내는 전업주부들의 고충에 대해서도 이야기했다.

그녀의 언니는 전업주부다. 요즘 세상에 아이 둘 키우는 게 경제적으로도 여간 힘든 게 아니라는 언니의 말에 그녀는 그럼 언니도 일을 하는 게 어떻겠느냐고 가볍게 조언했더니 언니는 이렇게 답했다. "은혜야, 돈 말고 더 중요한 게 있어. 나중을 생각하면 그때밖에 할 수 없는, 돈보다 더 소중한 게 있는 거잖니."

맞는 말이다. 지금 아이가 한창 엄마를 필요로 하고, 정말 예쁠 때인데, 일하느라 항상 아이와 함께 있지 못하는 것이 가끔 서럽다. 그러나 집안 사정 때문이든, 자신의 꿈 때문이든 아이와 모든 순간을 함께하지 못하고, 그렇게 잠깐 엄마로서의 행복을 놓아가면서까지 일하는 엄마들의 용기와 의지는 대단한 것이다.

어찌 그들뿐이랴. 집에서 아기만 보다보면 속상하고 답답하다는 엄마들도 많은데, 아이를 키워보니 집에서 하루종일 아기하고만 있는 엄마들 또한 대단한 엄마들이라고 우리는 입을 모았다.

그렇게 우리는 엄마는 엄마라는 존재 자체만으로도 위대하다고 결론지었다. 이 땅의 엄마들은 또다른 직업을 갖고 있든, 엄마라는 직업에 오롯이 자신을 바쳤든 모두 소중하고 대단한 일들을 하고 있는 것이다. 우리가 엄마라는 것에 좀더 자부심을 가지자고 그녀와 나는 새끼손을 걸었다. 그리고 유난히 마음 약해지는 날엔 이렇게 외치자고 다짐했다.

"나는 엄마야! 정말 대단한 사람이거든!"

치열하고 유쾌한
엄마판 〈미생〉,
들어보실래요?

하우스푸어에서 재테크의 달인까지 여자의 한 수를 톡톡히 보여준 엄마_
바둑기사 **한해원**
H an hae won

웹툰으로 화제가 됐던 윤태호 작가의 만화 〈미생〉이 드라마로 만들어지면서 더 많은 사람들에게 폭발적인 사랑을 받았다. 어릴 때부터 바둑에 모든 것을 걸었던 주인공 장그래가 프로 입단에 실패하고, 아무 준비 없이 생존경쟁의 현장인 사회에 나와 직장인으로서 고군분투하는 성장기를 담은 이 이야기는 직장인들의 애환과 삶의 진정한 가치를 깨닫게 하며 많은 사람들에게 큰 감동을 주었다.

바둑기사 한해원 역시 어린 나이에 아버지의 손에 이끌려 바둑의 길로 들어서 17세에 프로바둑계에 입문했고, 그후 개그맨 김학도와 결혼해 세 아이의 엄마가 되었다. 과연 바둑이 세상의 전부였던 그녀에게는 아내로서의 삶, 엄마로서의 삶이 어떻게 다가왔을까. 그녀 역시 〈미생〉의 장그래처럼 전혀 예기치 못한 위기상황에서 자기만의

길을 찾고 사람들의 마음을 읽으며 현명한 엄마의 삶을 살아가고 있을까.

이겼다고 자만하지 않고 졌다고 좌절하지 않는다
:

흔히들 바둑을 '인생의 축소판'이라고 말한다. 철저한 지략과 웅대한 포부를 가지되 욕심이 과하면 한순간 모든 걸 잃게 되는 바둑의 속성이 우리네 인생사에도 그대로 적용되기 때문이다. 그뿐 아니다. 바둑은 수를 계산하는 수리력, 지금까지의 수를 외우는 암기력, 상대의 수를 예측하는 추리력, 순간순간 최선의 결단을 내리는 판단력, 그리고 집수 계산과 형세를 파악하는 종합적 사고력이 요구되는 고도의 누뇌스포츠로, 어린 시절부터 자녀들의 두뇌 개발을 위해 바둑을 가르치는 부모들도 많다.

그러나 바둑은 역사적으로 남자들의 스포츠였다. 지금은 여자 프로기사들도 많이 있지만, 여전히 남성에 비해 수가 훨씬 적으며 배포와 지략, 근성과 담대함이 필요한 바둑에서 여성이 두각을 나타내기란 남성들과 견주어 쉽지 않은 것이 사실이다. 그녀는 승자든 패자든 같이 앉아 처음부터 끝까지 복기하는 바둑을 통해 자신이 뭘 잘하고 못했는지 객관적인 관점을 키우고, 이겼다고 자만하지 않고 졌다고 좌절하지 않는 법을 배운다.

그녀가 바둑을 시작한 것은 초등학교 4학년 때였다. 딸 둘 중에 하나는 같이 바둑 둘 상대가 됐으면 좋겠다던 아버지의 손에 이끌려

여학생들이 거의 없는 바둑교실을 다니기 시작했다. 어린 꼬마, 게다가 여자아이가 바둑을 두는 게 신통방통했던 어른들은 그녀가 바둑을 잘 두면 기특하다며 곧잘 용돈을 주셨다고 한다. 용돈을 모아 저금한 돈이 제법 되었고, 그녀는 그때부터 돈을 모으고 절약하는 습관이 몸에 익었다.

초등학교 때부터 떡장사를 해서 돈을 벌었던 나는, 그녀의 얘기가 처음부터 가슴에 와닿았다. 큰돈은 아니지만, 내가 직접 돈을 벌어 필요한 것도 사고 책도 직접 사보는 것은 나에게 일찌감치 경제관념을 갖게 했고, 경제적인 면뿐만 아니라 여러모로 독립심을 기르게 했다. 누군가에게 기대하거나 의지하지 않고 스스로의 선택을 책임지는 법을 일찌감치 배울 수 있었던 것이다.

삶에도 대비와 재테크가 필요하다
:

한때 그녀는 할머니가 쓰러지시는 바람에 가정형편이 갑자기 어려워지면서 소위 말하는 하우스푸어를 경험한 적이 있다. 비록 어린 나이였지만, 삶에도 대비와 재테크가 필요하다는 생각을 가지게 되었다.

애초부터 바둑기사가 될 생각은 없었다. 보통 초등학교 1학년 때부터 바둑을 시작하는 프로기사들에 비해 시작도 늦은 편이었다. 그러나 이해력이 남달랐던 그녀는 각종 대회에서 두각을 나타내기 시작했고, 결국 열일곱 살 되던 고등학교 1학년 때, 프로기사에 입문했다. 그녀는 이세돌 9단과 같은 시기에 활동했는데, 천재 소리를 듣는 이세돌 9단이 자신보다 더 열심히 노력하는 것을 보고, 프로로서의 성공보다 바둑과 관련해서 자신이 재미있게 할 수 있는 일을 찾는 게 좋겠다고 스스로 판단했다. 그녀의 승부사적 기질이 드러나는 대목이다.

그녀는 대학교 중문과에 입학해 학업을 계속하면서 바둑 해설을 하기 시작했다. 그리고 뛰어난 언변과 미모로 이내 바둑방송 MC로도 활약하게 되었다. 남편 김학도를 만나게 된 것도 바둑과 재테크의 심리에 대해 이야기하는 한 개그 프로의 코너에 출연하면서부터였다. 개그맨 최고참이면서도 유독 자신에게 친절히 대해주고, 이것저것 가르쳐주는 모습이 고마웠다. 그러나 좋은 사람이라는 생각 외에 별다른 생각은 들지 않았다. 그러나 첫눈에 한해원에게 반한 김학도는 그녀에게 100일 동안 정성을 들었고, 그녀는 100일 만에 그의 프러포즈를 승낙했다.

혼자서는 어려운 일, '분산육아'
:

그렇게 띠동갑 남편과 결혼한 그녀는 바로 큰아들을 낳았고, 곧이어 둘째와 셋째까지 낳았다. 아들 하나 키우는 나도 이토록 바쁜데, 아이가 셋씩이나 되면 힘들고 정신없지 않느냐는 내 질문에, 그녀는 물론 정신은 없지만 아이들이 웃는 것만 보면 그렇게 행복할 수가 없다고 답했다. 아이들의 엉뚱한 행동, 환한 미소가 얼마나 사랑스러운지, 그녀는 세상에 많은 행복이 있지만, 결혼하고 아이를 낳지 않았다면 이런 행복은 결코 느낄 수 없었을 거라며 웃었다.

대화하는 내내 그녀의 얼굴에서는 웃음이 떠나질 않았다. 아이 셋 둔 엄마에게 우리가 흔히 상상할 수 있는 삶에 찌든 표정은 그녀에게선 찾아볼 수가 없다. 어떻게 그럴 수 있을까.

그녀는 세 자녀를 키우는 엄마로서의 노하우를 털어났다. 우선순위를 두는 것이 가장 중요하단다. 마치 아무것도 없는 바둑판에 큰 그림을 그리고 한수 두수 집을 짓는 것처럼 육아에서든 일에서든 우선순위를 갖는 것이 중요하다고 그녀는 강조했다.

일상에서 해야 할 일들, 즉 육아, 가사, 바둑 해설, 바둑칼럼 집필, 바둑대국 등 그녀가 해야 할 많은 일들에 대해 일단 큰 그림을 그리고, 우선순위를 정한다. 우선은 육아에 최선을 다하고, 그다음에 일에 최선을 다하자는 게 요즘 그녀의 생각인데, 그날의 상황과 남편의 스케줄을 보면서 융통성 있게 조절한다.

그러나 혼자서 아무리 머리를 쓰고 계획해도 아이 셋을 키우기란 쉬운 일이 아니다. 첫째만 있을 때는 친정 부모님도 자주 오시고, 시어머니가 바로 옆에 사셔서 편하게 맡길 수 있었지만, 둘째를 낳으면서는 아이를 하나씩 맡기는 '분산육아'를 택했다. 투자만 분산투자를 하는 게 아니라 육아도 분산육아를 시도했다는 것이다. 둘째보다 조금 보기 쉬운 첫째는 시어머니에게 맡기고, 둘째는 친정어머니에게 부탁했다.

'마주일기' 함께 쓰는 남편

:

그런데 셋째를 낳은 후 약간의 신경전이 생겼다. 주말에 그녀만 일이 있을 때는 쉬는 남편과 첫째, 둘째를 한 묶음으로 시어머니께 보내고, 제일 어려서 보기 힘든 셋째는 친정으로 보낸다. 그럴 때면 양가 부모님들께 납작 엎드려서 갖은 아양을 다 떨어야 한다. 그녀는 집안에서 자신은 갑을병정의 '정'이라며 웃었다.

그러나 뭐니뭐니해도 아이들을 키우는 데 가장 큰 조력자는 남편이다. 남편은 아이들과 잘 놀아주는 자상한 아빠다. 아빠만 집에 들어오면 아이들은 목마 타고 매달리고 발을 붙잡고, 아빠를 코끼리 삼아, 강아지 삼아 논다. 그러면 남편은 세상에서 가장 행복한 사나이가 된다.

이들 부부는 '마주일기'라는 걸 쓴다. 아이들이 어렸을 때 육아일기를 썼던 것은 물론, 아이들이 점점 커나가면서 아이들이 했던 재미있는 말, 귀여웠던 모습들을 아이들마다 하나씩 일기장을 만들어 다 적어놓는 것이다. 예를 들면, 어묵탕을 먹다가 컵에 참깨가 묻은 걸 보고 아이가 "오뎅 씨앗이다. 오뎅 씨앗이 붙어 있다"고 하면, 말도 안 되는 얘기지만 기발하고 귀여워서 그런 얘기들이나 엉뚱한 행동들을 일일이 적어놓는 것이다. 아이들이 자라면 각자 하나씩 선물할 생각이다.

그녀의 얘기를 들으면서 나도 '마주일기'를 써야겠다는 생각이 들었다. 아이를 다 키운 엄마들에게 물으면, 어렸을 때 우리 아이가 정말 예뻤는데, 그땐 아이 때문에 늘 웃고 그랬는데, 뭣 때문에 그렇게 깔깔 웃고 그랬는지는 도통 생각이 안 난다고 하는 경우가 많다. 세상에 엄마밖에 없는 줄 알고, 엄마만 졸졸 따라다니던 아이가 사춘기가 되고, 말대답도 하고, 반항도 하고, 제 인생에 간섭 말라며 어른이 되어가는 모습을 견뎌야 하는 엄마들에겐 아기가 어렸을 때 예쁘고 사랑스럽던 모습이 자꾸 잊힌다는 거다.

힘들어하지 않게, 자신감 있게 키우자
:

그러나 이 부부에게도 가슴 아픈 고민의 시간은 있었다. 어느 날 갑자기 첫째아이가 한쪽 눈물샘이 막혀서 수술해야 한다는 병원의 진단을 받았던 것이다. 문제는 수술 시기가 좀 늦었다는 점이었다. 당시는 두 사람 다 굉장히 고민이 많았다.

아이가 한쪽 눈에 늘 눈물이 고여 있는 상태이니, 나중에 크면서 놀림을 받으면 어떻게 해야 하나 걱정부터 됐다. 그렇더라도 힘들어하지 않게, 자신감 있게, 잘 키워야 하는데 우리가 부모로서 무엇을 할 수 있을까, 잘할 수 있을까, 부부가 머리를 맞대고 참 많은 이야기를 나눴다. 남편은 '우리는 엄마, 아빠니까 잘할 수 있을 거다. 하지만 일단은 지금 할 수 있는 일을 찾아 최선을 다해보자'며 매일같이 열심히 아이의 눈을 마사지해줬다. 지금이야 웃으며 말할 수 있지만, 당시는 내색도 못하고 부부끼리 끙끙거리며 마음고생이 정말 심했다.

이들 부부는 '마주일기'라는 걸 쓴다.
아이들이 점점 커나가면서
아이들이 했던 재미있는 말, 귀여웠던 모습들을
아이들마다 하나씩 일기장을 만들어 다 적어놓는 것이다.
예를 들면, 어묵탕을 먹다가 컵에 참깨가 묻은 걸 보고
아이가 "오뎅 씨앗이다. 오뎅 씨앗이 붙어 있다"고 하면,
말도 안 되는 얘기지만 기발하고 귀여워서
그런 얘기들이나 엉뚱한 행동들을 일일이 적어놓는 것이다.

다행히 거듭 마사지를 해주면서 관이 넓어지고 제 기능을 하기 시작했다. 그녀도 열심히 아이를 돌봤지만, 아이의 눈물샘이 뚫린 것은 남편의 지극정성 덕분이었다. 아빠의 손에 실린 온기가 아이의 눈을 낫게 한 것이라고 그녀는 믿고 있다.

'내가 사라지는 건 아닐까' 불안해질 때
:

아이를 키우다보면 순간순간 '내가 사라지는 건 아닐까?' 하는 생각을 많이 하게 된다. 하지만 그녀는 생각보다 시간은 금방 지나가는 것 같다고 말했다. 지금 셋째도 그런 마음으로 키우고 있다. 좋든 싫든 이 시간이 금방 지나갈 거라고……

아이들이 커가는 모습을 보면서 그녀는 늘 속으로 생각한다. '내가 엄마로서 이렇게 잘했구나, 내가 없어진 게 아니구나'라고 말이다. 그녀는 아이들에게 엄마가 정말 필요한 때는 정해져 있으니, 아이 먼저 키워놓고, 그다음에 점점 시간 여유가 생기면 내가 할 일에 대해 생각하고 준비하면 된다고 생각한다. 그래도 충분하다고, 그녀는 늘 마음속으로 여유를 잃지 않으려고 노력한다.

그녀는 웃으며, 그러나 강한 어조로 말했다. "모든 엄마가 '대마'라고 생각해요. '대마불사大馬不死'라고 엄마들은 계속 강해지고 있고, 계속 좋은 일이 생길 겁니다."

결혼을 하고 나서 누군가의 아내, 엄마로 살면서 스스로에 대해 자신감을 잃는다는 엄마들의 하소연을 자주 듣게 된다. 남편 내조하고 아이 키우느라 오랫동안 손에서 일을 놓고, 이제는 다시 그 일을 할 수 있을지 자신이 없고, 다른 어떤 일도 잘할 수 없을 것 같은 생각이 자꾸 든다는 것이다. 하지만 내 생각은 다르다. 여자가 아이를 낳아 기르고 남편 뒷바라지하듯 다른 일을 한다면 해내지 못할 일은 아무것도 없을 것이다. 오히려 처녀 적보다 결혼해서 아이를 돌보고 남편을 챙기면서 더 강한 힘과 능력이 생긴다는 말에 나는 전적으로 동감한다.

가장 큰 재테크의 비결은 절약
:

그녀는 재테크를 잘하는 것으로도 소문나 있다. 어린 시절부터 누가 시키지 않아도 알뜰히 용돈을 모았고, 부모님이 힘들게 벌어오시는 돈이 소중하다는 것을 알았던 착한 딸이었다. 자연스럽게 아끼고 모으는 재미가 붙기 시작했고, 집안 형편이 갑자기 어려워지면서 경제, 주식, 재테크에 자연스레 관심이 생겼다. 대학 시절, 종잣돈 300만 원으로 주식을 시작했다. 몽땅 잃기는 했지만, 좋은 경험이 되었다.

주식투자는 바둑과 심리가 비슷하다. 주식이 떨어지면 계속 떨어질 것 같고, 올라가면 계속 올라갈 것 같은 생각이 든다. 때론 승부수를 던져야 할 경우도 있다. 하지만 그녀는 승부수는 효과적인 때를 기다려야 한다고 말했다. 때가 올 때까지 흐름을 보고 목돈을 모으면서 계속 기다리는 것이다. 그녀는 바둑처럼 주식도 복기해보면서 분석하고 정확한 데이터를 얻는다. 욕심부리지 않고 원칙을 정하고 때를 기다리면, 분명 수익을 얻을 수 있다는 그녀는 영락없이 냉철하고 강단 있는 프로기사다.

그녀는 주부들도 자신만의 돈을 가지고 적은 액수로라도 조금씩 재테크를 하는 것이 좋다고 이야기했다. 그래야 경제관념도 철저해지고, 불필요한 지출도 줄이게 되며, 무엇보다 자기만의 돈이 조금이라도 있어야 기운도 나고 힘들어도 좀 참게 되는 것 같단다. 흘려들어서는 안 될 얘기였다.

주부 재테크, 욕심내지 말고 길게 보자
:

구체적인 투자 방법을 알려달라는 나의 질문에 그녀는 분산투자를 권했다. 수익률이 좀 떨어지기는 했지만, 그녀는 지금도 20% 이상의 수익률은 꾸준히 유지하고 있다고 했다. 구체적으로 인덱스펀드나 ETF를 추천한다는 그녀의 이야기를 들으면서 주머니 속 쌈짓돈을 모아 자식 공부시키고, 시집 장가 보내던 우리 어머니들이 생각났다. 늘 먹고살기 바쁜 와중에도 다들 쪼개고 쪼개서 어떻게 그럴 수 있었을까 생각하니, 대단하다는 생각도 들고 마음이 뭉클해졌다. 열심히 돈을 벌고 살림을 꾸리는 것만이 아니라 번 돈을 아끼고 굴리고 늘려가는 것. 우리 어머니들이 그랬듯 나 또한 그 일을 잘해내고 싶어졌다.

이미 그 일을 똑부러지게 잘해내고 있는 그녀는 경제권도 확실히 쥐고 있다. 남편이 열심히 돈을 모아 워낙 다른 사람을 잘 빌려준 덕이다. 그녀는 집부터 장만했다. 구입한 집은 부부 공동명의로 올렸고, 대출은 남편 명의로 했다.

"남편에게 가장의 책임감을 준 거죠." 그녀가 다시 환하게 웃었다.

어린 시절부터 절약하고 모으는 습관이 몸에 밴 그녀는 주부들이 쉽게 할 만한 투자를 묻는 나에게 '절약, 자기 계발을 통한 소득 증대, 재테크를 통한 효율성 극대화'의 3박자를 주문했다. 그리고 투자 대상은 자신이 잘 아는 것으로 주변에서부터 찾으라고도 덧붙였다. 원금 300만 원 정도로 큰 부담 없이 투자를 시작해 기대수익률을 10% 정도로 하면 충분히 공부하면서 수익을 낼 수 있다는 게 그녀의 생각이다.

욕심을 내다가는 다 잃을 수 있다는 바둑의 원칙과 인생의 원칙을 잘 아는 그녀는 주부로서도 큰 욕심을 내지 않는다. 아이들의 웃는 모습, 남편의 따뜻한 말 한마디에 감사하며 조금씩, 천천히, 꾸준히, 무리하지 않는 선에서, 자신의 미래를 준비해가는 그녀는 고수가 분명했다.

바둑 한 수 한 수에 최선을 다하며 열심히 살면서도 늘 입가에 웃음을 잃지 않는 그녀의 여유로운 마음이 존경스러웠다. 유명인 남편에 아이가 셋씩이나 되는 그녀가, 바둑기사로, 재테크 전문가로, 방송해설자로, 강사로 1인 5역 이상을 해내는 그녀가, 여전히 소녀 같은 해맑은 얼굴로 웃음을 잃지 않고 사는 것은 그녀가 바둑을 통해 인생의 진리를 터득한 여자이기 때문일 것이다. 그렇다. 엄마는 점점 강해진다.

그녀는 바둑처럼 주식도 복기해보면서 분석하고
정확한 데이터를 얻는다.
욕심부리지 않고 원칙을 정하고 때를 기다리면,
분명 수익을 얻을 수 있다는 그녀는
영락없이 냉철하고 강단 있는 프로기사다.
그녀는 주부들도 자신만의 돈을 가지고
적은 액수로라도 조금씩 재테크를 하는 것이 좋다고 이야기했다.
그래야 경제관념도 철저해지고, 불필요한 지출도 줄이게 되며,
무엇보다 자기만의 돈이 조금이라도 있어야 기운도 나고
힘들어도 좀 참게 되는 것 같단다.
흘려들어서는 안 될 얘기였다.

우울해하는 아이,
매일
사표 쓰는 엄마

아이의 우울증과 나쁜 엄마 콤플렉스를 극복하고 꿈을 되찾은 엄마_

방송인 **최윤영**

Choi yun young

아나운서 최윤영은 엄마와 떨어지는 것을 극도로 불안해하던 딸이 급기야 우울증세를 보이자 뒤도 돌아보지 않고 회사에 사표를 냈다. 그러나 진짜 갈등은 그때부터 시작되었다. 아이의 불안에 더해진 엄마의 짜증까지, 모녀는 폭발 직전이었다. 두 살 난 딸아이와 그렇게 전쟁을 겪으며 그녀는 많은 것을 깨달았다.

요즘 그녀는, 엄마들이 자주 가는 인터넷 카페에 들어가 육아문제로 퇴사를 고민하는 엄마들에게 '절대 퇴사하지 말라'고 열심히 댓글을 단다. 하루 차이로 아이를 낳은 출산동기인 그녀와 나는 이래저래 할 얘기가 많았다.

일하는 엄마가 출근할 때마다 치러야 하는 슬픈 전쟁
:

우선 그녀가 어린 시절부터 꿈꾸었고, 마침내 현실에서 이뤄낸 MBC 아나운서직을 그만두고 사표를 내기까지의 이야기와 심경이 궁금했다.

그녀 역시 다른 여성 직장인들과 마찬가지로 결혼해서 아기를 낳고, 출산휴가를 썼고, 휴가가 끝나고 바로 복귀했다. 그녀는 엄마라는 숙제 하나를 일단 끝냈으니 복귀하면 더 여유 있게 방송에도 집중할 수 있을 줄 알았다. 그러나 아니었다. 유난히 예민했던 딸아이가 엄마와 떨어지는 것에 적응을 못했던 것이다.

아침에 출근할 때마다 아이와 전쟁을 치러야 했다. 막무가내로 그녀를 붙잡고 울고불고 숨이 넘어갈 듯 울어대는 아이를 뒤로하고 방송국에 도착해도 일에 집중하기가 어려웠다. 어떻게든 버텨보려 했지만, 알아듣지도 못하는 아이를 붙잡고 엄마의 상황을 이해하고 받아들이라고 할 수도 없는 노릇이었다.

그녀는 1년 육아휴직을 신청했다. 그리고 딸아이는 마법처럼 상태가 좋아졌다. 엄마를 향해 아이가 활짝 웃어주는 것만으로도 얼마나 행복한 일인지 그녀는 가슴 깊이 깨달았다. 그렇게 24시간 딸과 붙어 있으면서 둘은 세상에 둘도 없는 사랑스러운 모녀로 1년을 보냈다.

우울해하는 아이를 위해 사표를 던지다

:

육아휴직을 마치고 그녀는 다시 복귀했다. 그런데 아이의 입장에 선 오히려 충격이 컸던 것 같다. 엄마와 1년을 온종일 함께 지내면서 아이가 눈에 띄게 밝아져 이젠 괜찮아진 줄로만 알았는데, 그녀가 다시 출근하자 아이의 상태가 이전보다 더 나빠졌다.

마침 MBC가 파업 기간이라 출퇴근 시간도 일정하지 않아서, 엄마가 제시간에 집에 오지 않는 바람에 아이는 더욱 힘들어했다. 회사에서 한 달에 서너 번은 숙직도 해야 하는데, 딸아이는 엄마 없이 자는 밤을 견디기 힘들어했다.

아이가 점점 변해갔다. 무슨 일에든 짜증을 냈고, 말수도 줄었으며, 무엇보다 잘 웃지 않게 되었다. 어른이 우울해하는 것도 곁에서 보기가 힘든데, 아이가 우울해하는 표정을 차마 볼 수가 없었다.

그녀는 매일같이 사표를 써야 하나 말아야 하나 고민했다. 사표를 쓰고, 찢어버리고, 다시 사표를 썼다. 그렇게 한참을 버티던 그녀는 아이의 상태가 심각해지자 결국 회사에 사표를 냈다. 퇴사 말고 다른 방법은 정말 없었느냐는 내 질문에 그녀는 그렇더라고 답했다. 당시 여러 가지 방법을 고민하며 단축근무제에 대해서도 알아봤지만, 시행된 사례가 없어 담당자들도 잘 모르고 있었다. 문서에 적혀 있긴 하지만 아무도 실제로 사용해본 적은 없는 제도였던 것이다. 그녀는 그렇게 평생 몸담을 줄로만 알았던 MBC에 사표를 냈다.

내가 나쁜 엄마인가, 나는 엄마로서 자격이 없나
:

그러나 사표를 내고 엄마가 함께 집에 있는데도 아이의 상태는 금세 좋아지지 않았다. 그녀로서는 전혀 예상치 못한 일이었다. 자신이 모든 걸 포기하고 사표까지 냈는데, 아이가 여전히 계속 울고, 짜증을 내고, 엄마 곁을 잠시도 떨어지지 못하니 별별 생각이 다 들었다.

퇴사 한 달 만에 후회가 밀려왔다. '그냥 눈 딱 감고 친정엄마께 아이를 맡기고 계속 출근했어야 하는 건가.' 그녀는 말할 수 없이 속상했다. 아이랑 있으면 행복할 줄 알았는데, 일만 그만두면 다 해결될 줄 알았는데, 그렇지도 않았다.

'내가 나쁜 엄마인가' '나는 엄마로서 자격이 없나' 자괴감이 밀려왔다. 아이 때문에 너무 힘들어 전문가에게 상담이라도 받아보자 싶어 지인의 소개로 상담을 신청했다. 그런데 그 선생님이 워낙 바빠 상담을 받으려면 몇 달은 기다려야 한다는 것이었다.

지옥 같은 나날들이었다. 아이를 달래고 타이르고 할 수 있는 건 다 해본 것 같은데, 아이는 나아지지 않았다. 엄마가 잠깐이라도 눈앞에서 사라지면 소리소리 지르며 '엄마!'를 찾았고, 아이가 보이는 극도의 스트레스 반응은 그녀를 미치게 할 것 같았다.

분리불안증후군. 직장에 다니는 엄마를 둔 아이들에게서 흔히 볼 수 있는 정신적 불안 상태. 사람들은 그렇게 말했다.

그러던 중 EBS 〈부모〉라는 프로그램에서 MC 제의가 왔다. 그녀가 MBC에 사표를 내자 프리랜서를 선언하고 활동을 더 많이 하려고 그랬나보다 생각한 사람들이 많았다. 그러나 여러 프로그램에서 MC 제의가 왔지만, 그녀는 모두 거절한 상태였다. EBS도 마찬가지였다.

그런데 〈부모〉라는 프로그램에 마침 그녀가 상담을 받고자 했던 그 선생님이 패널로 나온다는 것이 아닌가. 그녀는 자신의 문제가 시급하기도 했고, 도대체 어디에다 이런 고민을 털어놓고 상담해야 하나 싶어 MC직을 수락했다.

아이 때문에 받는 스트레스가 도를 지나치던 때였고, 그녀에게도 돌파구가 필요했다. 그리고 결과적으로, 그 결정은 그녀에게 최적의 선택이었다.

고민을 함께 나눈다는 것만으로도
:

그녀는 방송을 다시 시작하면서 육아도 육아지만, 자신이 방송을 못해서 스트레스를 많이 받았다는 것을 깨달았다. 게다가 〈부모〉라는 방송을 통해 자신이 나쁜 엄마가 아님을 깨닫게 된 것만큼 감사한 일이 또 없었다. 그녀는 방송을 하면서 누군가와 고민을 함께 나눈다는 것만으로도 얼마나 큰 힘이 되는지 알게 되었다.

사실 살아오면서 그녀는 다른 사람과 고민을 나눌 일이 별로 없었다. 그녀는 모범적인 아이였고, 평범하고 화목한 집안에서 자랐다. 학교 다니며 열심히 공부해서 부모님과 선생님들의 신뢰를 한몸에 받았고, 자신에게 주어진 일은 뭐든 성실하게 척척 해내는 그녀였다.

지금도 새벽 4시면 어김없이 일어나 교회에 가서 그녀와 아이들을 위해 기도하는 그녀의 엄마는 그녀에게 정말 완벽한 엄마였다. 그녀의 엄마는 자식을 위해 할 수 있는 모든 것을 아낌없이 했던 분이다.

'맹모삼천지교'라고, 그녀의 엄마는 좋은 학교에 자식들을 보내기 위해 수원에서 일하는 남편을 홀로 남겨두고, 그녀와 동생을 데리고 상경하여 기꺼이 자식들의 뒷바라지를 했던 분이다. 그녀가 아기를 낳았을 때도 기꺼이 아이를 맡아주며 그녀의 복귀를 누구보다 응원해준 사람이었다. 고민이 있으면 엄마에게 말하면 다 해결이 됐다.

내 아이는 내가 아니다
:

그러나 그녀는, 사신은 엄마처럼은 살 수 없을 것 같다고 말했다. 그걸 인정하니 마음이 편안해졌다. 아이문제로 쩔쩔매는 자기 자신에게 사실 그녀는 실망하고 있었다. 성실히 노력했고, 늘 열심히 노력만 하면 뜻대로 이룰 수 있을 거라고 믿고 살았는데, 엄마 노릇 하나 제대로 못하는 자신이 납득도, 인정도 되지 않았다.

어릴 적부터 '똑부러진다'는 소리를 듣고 자란 그녀였다. 부모님이나 선생님을 크게 실망시킨 적도 없었다. 엄마를 보면 '엄마가 얼마나 우리들을 열심히 잘 키우셨는데, 그 희생 다 받고, 그 사랑 다 받은 내가, 왜 나는 엄마처럼 내 아이에게 완벽한 엄마가 될 수 없을까' 하는 생각이 꼬리에 꼬리를 물고 그녀를 괴롭혔다. 그러나 아이는 그녀가 알려주려고 하면 할수록, 더 잘해보려고 하면 할수록, 그녀에게서 더 비껴갔다.

그녀는 도저히 풀리지 않는 숙제의 답을 EBS 〈부모〉라는 프로그램을 통해 찾을 수 있었다. 대부분의 부모들이 자신의 아이에 대해 누구보다 잘 안다고 생각하는데, 사실은 부모들이 정말 모르고 있는 것이 많다는 걸 그녀는 이 프로그램을 진행하며 알게 되었다.

그녀는 아이와 문제가 생기면, 일단 그게 당연한 거라고 생각하게 되었다. '큰일이다, 왜 이러지?'가 아니라 '그래, 당연한 거지' 하고 일단 아이의 입장에서 문제를 바라본다. 그러면 사실, 문제라고 생각했던 대부분의 일들이 문제가 아닌 게 된다. 내가 낳았지만, 내 아이는 내가 아니라는 걸 그녀는 이제 인정할 줄 아는 엄마다.

그녀는 예민한 아이를 기를 때의 주의점에 대해 이렇게 말했다. "엄마와 아이가 너무 밀착되어 있어 엄마도 예민해지고 아이도 더 예민해지는 경우가 많은데, 아이를 내 것, 내 자식이라고 생각하지 말고, 그럴수록 옆집에서 잠깐 놀러온 아이라고 생각하세요!"

그녀의 이야기를 듣고 한참 웃다가, 모든 인간관계가 힘들어질 때 이 방법이 최고라는 생각을 했다. '내 아이, 내 남편, 내 애인, 내 친구'라고만 생각하지 말고, 서로 예민해질 때는 '옆집 아이, 옆집 남편'으로 생각하기. 때로는 객관화가 관계 해결의 결정적인 실마리가 되는 법이다.

그녀는 예민한 아이를 기를 때의
주의점에 대해 이렇게 말했다.
"엄마와 아이가 너무 밀착되어 있어 엄마도 예민해지고
아이도 더 예민해지는 경우가 많은데,
아이를 내 것, 내 자식이라고 생각하지 말고,
그럴수록 옆집에서 잠깐 놀러온 아이라고 생각하세요!"
그녀의 이야기를 듣고 한참 웃다가,
모든 인간관계가 힘들어질 때
이 방법이 최고라는 생각을 했다.

변하지 않은 꿈, 한결같은 열정

:

그녀는 중학교를 졸업할 즈음부터 아나운서를 꿈꿨다. 중학교 3학년 때, 신은경 아나운서가 쓴 『9시 뉴스를 기다리며』라는 책을 읽고 그녀는 아나운서를 꿈꾸게 되었다. 당시엔 여자는 결혼하고 아이를 낳으면 일을 그만두는 게 당연한 것처럼 받아들여질 때였는데, 아나운서는 뭔가 다른 것 같았다. 자신이 가진 모든 것을 펼쳐 보일 수 있는 멋진 직업으로 보였다.

그녀는 아나운서가 되겠다는 꿈을 이루기 위해 3년 내내 정말 열심히 공부했다. 그리고 당당히 서울대에 합격했다. 아나운서가 되겠다고 마음먹은 만큼 미리 방송 쪽 일을 경험해보고 싶었던 그녀는 선배에게 아르바이트를 부탁하는 자리에서 우연히 리포터 오디션을 보지 않겠느냐는 제안을 받았고, 그렇게 리포터 생활로 방송을 처음 시작하게 되었다. 그러나 쉽지 않은 일이었다. 아직 학생 신분이었는데, 시간을 너무 많이 들여야 하는 일이라서 휴학까지 해야 할 정도였다.

지쳐 있던 그녀에게 전환점이 되었던 것은 SBS의 〈접속 무비월드〉라는 프로그램이었다. 워낙 영화를 좋아해온 그녀는 그 프로그램을 신나게 진행했고, 그 이후로도 방송 MC를 몇 번 맡았다. 그러나 꿈이 변하지는 않았다.

2000년, 그녀는 KBS와 MBC의 아나운서 시험에 응시, 두 군데 모두 합격했다. MBC를 선택했고, 그곳은 그녀에게는 최고의 직장이었다.

책이 마음에 뿌린 씨앗은 누구도 뽑을 수 없다

:

지금도 아나운서 시험은 경쟁률 1000 대 1이 넘는 아주 어려운 시험이다. 그만큼 아나운서를 꿈꾸는 사람들이 많다는 얘기다. 그녀에게 아나운서를 꿈꾸는 대학생들에게 해주고 싶은 말이 있느냐고 물었더니, 그녀는 제일 먼저 책을 읽으라고 말해주고 싶단다. 책으로 인해 마음에 뿌려진 꿈의 씨앗은 누가 뽑으려 해도 뽑히지 않는다고 그녀는 강조했다. 어린 시절, 신은경 선배의 책 한 권에 매료되어 아나운서를 꿈꾸고, 또 그 꿈을 이룬 그녀가 하는 얘기라 더 마음에 와닿았다.

그녀는 '책을 읽자'는 얘기는 엄마들에게도 꼭 해주고 싶은 말이라고 덧붙였다. 책 읽는 엄마가 책 읽는 아이를 만드는 것도 사실이지만, 아이 때문만이 아니라 엄마 스스로를 위해서도 독서는 꼭 필요하다고 그녀는 말했다.

우리나라 미혼 여성의 독서인구 비율이 88.6%인 데 반해 기혼 여성은 76.4%라는 통계를 본 기억이 났다. '제대로 앉아 밥 먹을 새도 없는데, 어디 책을 볼 시간이 있겠느냐'는 엄마들이 대부분이겠지만, 그래도, 그래서 더, 책을 가까이 해야 한다고 나도 생각한다. 우리는 책에서 지식과 정보를 얻기도 하지만, 책에서 '쉼'을 얻기도 한다. 특히 결혼한 여성들은 '아이' '남편' '시댁'문제에만 매몰되어 있기 십상인데, 그럴 때 책 한 줄은 한정된 시야에서 벗어나 큰 그림을 볼 수 있게 우리를 안내한다.

엄마가 숨쉴 구멍이 있어야 아이에게 관대해진다

:

　그녀는 꿈을 꾸었고, 그 꿈을 이룬 여자였다. 그러나 삶은 현실이었고, 그녀는 가족을 위해 자신의 꿈을 잠시나마 포기해야 한다고 생각했다. 힘들어하는 딸을 위해서라면 더한 일도 해야 한다고 믿었다. 그러나 그 모든 과정을 거쳐온 지금의 그녀는 그게 정답은 아니었던 것 같다고 말한다.

　그녀는 엄마가 된 후 이런저런 고민으로 엄마들이 모이는 육아 카페에 많이 가입했다. 그 카페들에서 그녀가 꼭 댓글을 남기는 사연이 있다. 누군가 그녀처럼 육아문제를 고민하며 퇴사해야 할지 조언을 구하는 글을 보면 그녀는 '절대 퇴사하지 마세요!'라고 꼭 댓글을 단다. 퇴사 후 다시 일을 찾고 나니 그녀는 자신에게 '일'과 '꿈'이 얼마나 소중한 것이었는지 확신이 든다. 그녀는 자신 있게 이야기한다.

　"엄마가 숨쉴 구멍이 있어야 아이에게도 관대해질 수 있어요."

　꼭 직장 일이 아니어도 좋다. 엄마도 자신이 좋아하는 일에 자신만의 시간을 할애해주어야 아이와도, 가족들과도 더 행복하게 지낼 수 있음을 그녀는 이제 잘 알고 있다. 그녀가 여대생들에게 꿈의 롤모델이었던 것처럼 앞으로도 엄마들의 롤모델로, 계속해서 우리에게 바른 조언을 해줄 수 있을 것이라 믿는다.

247

누군가 그녀처럼 육아문제를 고민하며
퇴사해야 할지 조언을 구하는 글을 보면
그녀는 '절대 퇴사하지 마세요!'라고 꼭 댓글을 단다.
퇴사 후 다시 일을 찾고 나니
그녀는 자신에게 '일'과 '꿈'이
얼마나 소중한 것이었는지 확신이 든다.
그녀는 자신 있게 이야기한다.
"엄마가 숨쉴 구멍이 있어야
아이에게도 관대해질 수 있어요."

눈물로 내게 온, 세상의 모든 아픈 아이들을 위하여

아프고 상처받은 아이들 곁에서 키를 낮추고 눈을 맞추는 엄마_
소아정신과 의사·국회의원 **신의진**

Sin yee jin

　　아동학대, 싱폭력, 게임중독, 긱종 소아질환 등 많은 시회문제들로부터 우리 아이들을 지키기 위해 고민하는 국회의원 신의진은 오늘도 이 땅의 엄마들을 대표해 아동·청소년 관련 법안들을 발의하고 점검하느라 여념이 없다.

　　소아정신과 의사이기도 한 그녀가 쓴 책 『신의진의 아이심리백과』는 아이 키우는 집에는 거의 다 있는 전 국민의 육아지침서이다. 아이가 아플 때마다, 말 안 들을 때마다 요즘도 늘 곁에 놓고 그 책을 펼쳐들고 보는 엄마로서, 나는 답답할 때 그녀의 책이라도 보면 되지만, 그녀는 아이 키우면서 힘들 때 어디서 도움을 받을까 문득 궁금했다. 그리고 이렇게 많은 의문점들을 안고 만난 그녀에게서 나는 엄마라서 할 수 있었던 일, 엄마여서 해야 했던 일에 대한 가슴 시린

이야기들을 들을 수 있었다.

도가니 사건을 맡은 엄마 의사
:

그녀는 마음이 아픈 사람들을 치료해주고 싶어 정신과 의사가 되었다. 그중에서도 소아정신과 의사가 되어 아픈 아이들의 마음을 어루만지는, 이 세상 모든 상처받은 아이들의 '엄마'가 된 것은 행운이었다.

1998년, 소위 '도가니' 사건의 실제 피해자들인 인화학교 학생들을 만난 것은 그녀가 의대 교수로 임용된 직후였다. 아직 소설과 영화가 나오기 전이어서 제대로 관심도 받지 못하던 그 사건을 그녀가 맡게 된 것은 미국에서 공부하면서 그녀기 아동학대와 성폭력 문제에 대해 다루는 법을 배웠고, 해외에서는 중요하게 다루어지는 문제에 대해 정작 우리나라에서는 나서는 사람이 없었기 때문이었다.

당시 약 400명의 의과대학 교수 중 여자는 그녀를 포함해 딱 세 명뿐이었다. 남자 교수들은 아동성폭력 문제를 마주하기 싫어했다. 산부인과 의사들도 그 아이들을 치료해주면 법원에 오가야 하니까 다들 꺼리는 분위기였다. 그녀도 처음에 이 문제를 맡으면 일이 많아지겠다는 생각은 했지만, 불현듯 '두 아들을 기르는 엄마의 입장에서 이 일을 모른 척하면 벌 받겠다'는 생각이 들었다.

누구 하나 이 아이들을 위해 나서주지 않다니

:

하지만 사건을 직면하니 더 큰 문제들이 있었다. 정작 피해자인 아이들이 여전히 치료를 못 받고 있는 것이었다. 성폭력 피해아동의 치료를 맡게 되면 의사도 법원에 오가고 해야 하다보니 누구 하나 그 아이들의 치료를 맡겠다고 나서는 사람이 없었다. 기막힌 노릇이었다. 일단 아이들 치료가 시급해서 인근 산부인과를 찾아가 '내가 진단서나 법적 문제는 다 해결하겠으니 아이들 치료만 해달라'고 싹싹 빌었다.

그녀는 도가니 사건의 경우, 현실의 처참함은 책이나 영화에 묘사된 내용의 20~30배쯤 더 잔혹한 것 같다고 이야기했다. 피해자들이 농아들이라 진술을 잘 못하니 법정에서는 계속 증거가 불충분하다고 하고, 그러다보니 시간은 점점 길어졌다. 하지만 그녀는 그럴수록 끝까지 파헤쳐야겠다고 생각했다.

그녀가 만난 피해자들은 단순히 소리를 잘 못 듣는 것 이상으로 의사소통 장애가 심각했다. 8명의 아이들 중 6명은 언어적 지능이 매우 낮았고, 필담으로도 깊이 있는 의사소통이 불가능했다. 농아인 특수교육도 제대로 이뤄지지 않은 것이었다. 성폭력을 당해도 의사소통 장애로 외부에 알릴 수 없는 아이들에게 어른들이, 이 사회가 한 짓에 그녀는 피눈물을 흘려야 했다.

255

아이의 영혼을 살인하는 사람들에게 맞서다

:

그녀는 '성폭력은 영혼의 살인'이라고 말을 이었다. 특히 아동성폭력은 아직 성 정체성이 생기기도 전에 벌어지는 일이라서 더욱 위험하다. 의사로서 외상 후 스트레스 장애와 병은 낫게 해줄 수 있지만, 월경을 시작하고 사춘기가 지난 뒤에 여성으로서 받을 충격을 생각하면 그녀는 참담하다.

사실 성범죄는 예방이 중요하지만 우리 사회는 예방문제는 손도 못 대고 있는 것이 현실이다. 단순히 가해자만 엄벌하자는 목소리가 높은데, 그걸 넘어서 제도적으로 성범죄를 예방하는 것이 중요하다고 그녀는 여러 번 강조했다. 또 피해자를 끝까지 진료해주는 의료 제계도 꼭 만들어져야 한다고 말했다.

아동성폭력은 강도가 더 심해지고 있는 추세이며 가해자의 연령도 낮아지고 있다. 이는 단순히 가해자를 처벌하는 것만으로 아동성폭력문제가 해결됐다고 생각해서는 안 된다는 것을 보여준다. 의사로 일할 때 그녀가 아동성폭력문제를 다루면서 가장 많이 좌절했던 부분이 도와주고 싶어도 제도적으로 방법이 없어 어찌해볼 수 없는 것이었다. 예산문제나 부서 간에 넘어야 할 장벽도 많고, 또 아동성폭력과 관련해서도 여러 가지 시각이 있기 때문이다. 어떤 사람들은 아동성폭력 피해자를 의학적으로 진료하는 것마저 반대하기도 한다. '환자가 아닌데 치료하는 것이 옳지 않다'는 것이다. 그러나 피해 아동을 치료해주는 것은 무엇보다 중요하고, 오히려 더 많은 의료 인력이 투입돼야 하는데, 그 부분에 대해서 다들 너무 간과하고 있다는 생각이 들어 그녀는 지금도 안타깝다고 말했다.

엄마가 되는 순간, 이 사회는 여자에게 저자세를 강요했다
:

의사에, 국회의원에, 사실 '신의진'이라는 여자 개인의 삶은 남부러울 것 없을 듯한데, 그녀는 자신의 삶을 철저한 '비주류의 삶'이었다고 이야기했다. 철저하게 남성 위주로 돌아가는 의료계에서 아들 둘을 둔 엄마로서 얼마나 많은 눈치와 좌절이 있었는지 이루 다 말할 수 없을 정도라고 했다.

엄마가 되는 순간, 이 사회는 여자에게 저자세를 취하게 했다. 그러다보니 그녀는 우리 사회에 대해 불만족스러운 게 너무 많았다. 학교폭력 현장에 진료하러 가면, 제대로 된 제도가 하나도 없었다. 오히려 가해자가 떵떵거리는 모양새에 기가 찼다. 피해자를 치료하기 위해서 가장 먼저 싸워야 할 대상이 '학교'라면 이해하겠느냐고 그녀는 나에게 반문했다. 학교측에 '교육청에 고발하겠다'고 말해야만 그제야 피해자문제를 진지하게 다루기 시작하는 현실이 그녀는 통탄스럽기만 했다. 그러다보니 최소한 아이들과 여성에 관련된 각종 사회제도를 수립하는 데만이라도 자신의 의학지식을 유용하게 쓸 수 있으면 좋겠다는 생각을 하게 되었고, 그렇게 그녀는 국회로 자리를 옮기게 되었다.

그녀가 병원을 떠나던 날, 꼬마 환자들은 한바탕 울고 난리였다.

의사에, 국회의원에, 사실 '신의진'이라는 여자
개인의 삶은 남부러울 것 없을 듯한데,
그녀는 자신의 삶을 철저한 '비주류의 삶'이었다고 이야기했다.
철저하게 남성 위주로 돌아가는 의료계에서
아들 둘을 둔 엄마로서 얼마나 많은 눈치와 좌절이 있었는지
이루 다 말할 수 없을 정도라고 했다.
엄마가 되는 순간, 이 사회는 여자에게 저자세를 취하게 했다.
그러다보니 그녀는 우리 사회에 대해 불만족스러운 게 너무 많았다.

아이들이 뉴스에서 국회의원들이 싸우는 장면을 하도 많이 봐서 '거기 가면 우리 선생님 맞는다'며 울었다. '태권도를 배우라'고 조언해주는 꼬마 환자도 있었다. 코미디 같은 슬픈 현실이다.

아들의 '틱장애'와 '엄마 직업병'
:

그녀가 맞닥뜨린 사회현실만 힘겨웠던 것은 아니다. 그녀가 엄마가 되어 감당해야 했던 일들도 답답하고 눈물 나기는 마찬가지였다. 서른다섯 살까지 의사 공부를 했던 그녀는 네 살 터울의 두 아들을 키우느라 30대에 허리디스크 수술을 받았다. 남자아이 둘이 하도 안아달라는 통에 생긴 일종의 '엄마 직업병' 같은 거였다.

그녀의 큰아들은 '틱징애'를 앓았다. 초등학교 1학년 때부터 8년간 아들의 틱장애를 함께 아파하고 함께 치료하며 그녀는 하루 평균 네 시간 이상 자본 적이 없다고 했다. 그래도 자신이 소아정신과 의사여서 아들의 장애를 극복하는 데 큰 도움이 될 수 있다는 것이 기뻤다.

그녀는 사람들이 '틱장애'에 대한 편견을 거둬주길 바랐다. '틱장애'는 고칠 수 있는 병이다. 틱장애뿐만 아니라 모든 정신과 질환들도 상처가 아물고 새살이 돋듯 적절한 치료와 관심만 있다면 다 나을 수 있는 병이라는 걸 사람들이 인정해주었으면 좋겠다고 그녀는 안타까워했다.

틱장애가 있는 아이에게 어른들이 '하지 말라'고 자꾸 야단을 치면 오히려 나쁜 영향을 끼치게 된다. 틱이 더 심해지고, 자아상이 나빠지는 것이다. 잘못 형성된 자아상은 아이의 평생을 지배할 수 있다.

그러니 부모든 선생이든, 어른이라면 틱장애가 있는 아이들을 이해하고 인내해주어야 한다. 이 경우에도 시간은 많은 것을 해결해준다. 적절한 치료를 하면서 조금만 여유를 가지고 지켜봐주면 아이들은 금세 좋아진다고 그녀는 말했다.

나도 아이가 더 어렸을 때 자꾸 눈을 깜빡여서 한동안 걱정한 적이 있었다. 안과에 갔더니 의사선생님은 안과적인 문제는 아니고 아이들이 어릴 때 가끔 그럴 수 있으니, 아이가 눈을 깜박일 때 그에 대해 언급하거나 못하게 하지 말고, 아예 관심을 보이지 말라고 당부했다. 그랬더니 얼마 후에 그 증상이 정말 깨끗이 사라졌다.

실제로 경미한 틱장애를 갖고 있는 아이들의 엄마가 혹시라도 아이가 장애인이 될까봐 두려운 나머지 아이에게 화를 내거나 윽박지르는 경우가 있는데, 그런 반응은 오히려 역효과를 부를 수 있다. 처음 증상을 발견했을 때 바로 병원에 데려가 전문가와 상담하고, 무엇보다 아이에게 자신이 열등한 존재가 아님을 알려주는 것이 중요하다는 그녀의 얘기를 엄마들이 꼭 기억했으면 좋겠다.

아들 키우는 법, 딸 키우는 법
:

그녀는 엄마로서 아들과 딸을 잘 키우는 법에 대해서도 조언해주었다. 그녀가 두 아들을 키우면서 걱정했던 점은 대개 남자아이들의 공격성과 성적인 충동이 여자아이들보다 훨씬 강하다는 것이었다.

하지만 그건 남성호르몬이 분비되기 때문에 생기는 일이니 어쩔 수 없는 것이다. 그녀는 두 아들을 키우는 엄마로서 아이들의 공격적이거나 충동적인 성향을 어떻게 조절시키느냐에 많이 신경썼다고 말했다. 특히 껄끄러울 수 있는 성적인 부분에 대해서는 터놓고 대화하는 게 중요하다는 결론을 얻었다.

그녀의 큰아들이 초등학생, 작은아들이 유치원생일 때의 일화다. 방송에 하리수씨가 많이 등장해서 사회적으로 트랜스젠더가 이슈로 떠올랐다. 그런데 방송에 하리수씨가 나오면 애들이 웃고 떠들며 밥을 먹다가도 갑자기 말을 하지 않는 거였다. 기회는 이때다 싶어 그녀는 자연스럽게 아이들에게 물어봤다.

"경모야, 왜 갑자기 아무 말도 안 하니?" 그랬더니 큰아들이 심각하게 되물었다. "남자가 그걸 자르면 여자가 되는 거야?" 그녀는 두 아들에게 트랜스젠더에 대해 자세히 설명해줬다. 남자들 중에 일부는 자신의 성에 만족하지 못하고, 반대의 성이 되어야 행복한 사람이 있다고 말이다. 그런 사람은 성적인 자기 결정권이 있을 때 성을 바꾸는 것이 가능하다고도 말해주었다.

두 아들의 사춘기 때는 자연스럽게 콘돔 사용법에 대해서도 가르쳐주었다. 정상적인 남자라면 성적인 충동이 가장 심할 때인 게 분명했기 때문에, 그때는 아들들의 친구들까지 불러 성에 대해 편하게 얘기를 나누곤 했다.

그녀는 딸을 대하는 엄마들의 마음가짐에 대해서도 조언해주었다. 여자아이들은 남자아이들과는 반대로 자신의 어떤 면이 약한지 인정하고 대비하는 게 가장 중요하다. 신체적으로 범죄의 표적이 되는 경우가 많으니 자기를 보호할 수 있도록 기르는 것이 필요하다. 호신술을 가르치는 것도 좋겠지만, 그보다 중요한 것은 아이가 어릴 때부터 자존감을 갖도록 가르치는 것이다. '나는 좋은 사람이야. 나는 다른 사람들로부터 사랑과 존경을 받을 가치가 있는 사람이야'라고 스스로 생각할 수 있게 하는 것이, 엄마가 딸에게 줄 수 있는 소중한 선물이라고 그녀는 강조했다.

어떻게 자존감 있는 당당한 아이로 키울까
:

아이가 자존감을 갖도록 하려면 엄마가 어떻게 해야 하느냐는 나의 질문에 그녀는 의외로 쉽다면서 '아이의 말을 잘 들어주기만 하면 된다'고 말했다. 아이가 말하고 싶어하는 것을 들어주는 것이 관건이다.

자존감이 없는 아이들을 살펴보면 어릴 때부터 원하는 소망을 거부당한 기억이 많다고 했다. 아이가 "엄마, 저거 먹고 싶어요"라고 하면 100점짜리 엄마는 "불량식품이라 안 돼!"라고 자르기보다 "맛있게 생겼구나. 먹고 싶은가보네"라고 동감해주면서도 "몸에는 좋지 않은 음식인데 네가 선택해라" 하고 말해주는 것이 좋다.

여자아이들에게도 그저 "예쁘다"는 말만 무턱대고 많이 해준다고 좋은 엄마가 되는 게 아니다. 아이의 말을 끊지 않고 들어주는 것에서부터 엄마의 사랑은 시작된다.

자존감이 없는 아이들을 살펴보면
어릴 때부터 원하는 소망을 거부당한 기억이 많다고 했다.
아이가 "엄마, 저거 먹고 싶어요"라고 하면
100점짜리 엄마는 "불량식품이라 안 돼!"라고 자르기보다
"맛있게 생겼구나. 먹고 싶은가보네"라고 동감해주면서도
"몸에는 좋지 않은 음식인데 네가 선택해라" 하고

말해주는 것이 좋다.
여자아이들에게도 그저 "예쁘다"는 말만
무턱대고 많이 해준다고 좋은 엄마가 되는 게 아니다.
아이의 말을 끊지 않고 들어주는 것에서부터
엄마의 사랑은 시작된다.

아이가 무슨 말인지 알아들을 수도 없는 말을 하루종일 쉬지 않고 떠들어댄다고 "민준아, 천천히 얘기해!" "민준아, 엄마가 알아들을 수 있게 얘기해!"라고 소리질렀던 나는, 아이가 말하려는 게 뭔지 생각하기보다 말도 안 되는 소리 한다고 나무랐던 나는, 당장 쥐구멍에라도 들어가고픈 심정이었다.

엄마라서, 엄마니까, 엄마이기 때문에
:

끝으로 그녀는 부모 스스로가 행복한 삶을 살 때, 육아도 행복하게 할 수 있는 것이라는 값진 조언을 들려주었다. 좋은 부모가 되기 위해서는 일단 본인이 행복해야 한다는 것이다.

그녀는 엄마의 역할이 참 어렵지만, 그 어려운 시기가 영원한 것은 아니라고 말했다. 인생을 길게 놓고 보면 그 순간은 잠깐이라는 얘기다.

"엄마라는 직업은 굉장히 가치 있는 일입니다. 제가 의사에서 정치인이 된 것도, 아동성폭행에 관심을 가지게 된 것도, 제가 엄마가 아니었다면 가능하지 않았을지도 모릅니다. 엄마라서 정말 용기가 날 때가 있어요. 자식만큼 무한한 사랑을 줄 수 있는 존재가 있다는 게 얼마나 행복한 일인지 모릅니다."

그렇다. 우리는 엄마라서 힘들지만, 엄마라서 더 강해질 수 있다. 그리고 엄마이기 때문에 더 힘을 내서 견뎌낼 수 있는 것인지도 모른다.

그녀가 마음이 힘들고 아픈 아이들과 여성의 곁에서 계속 꿋꿋이 견뎌주길, 나는 간절한 마음으로 응원하고 싶어졌다.

완벽한 엄마를
꿈꿨으나,
잘 내버려두는 게
답이었다

촬영장에 유축기를 들고 다니며 모유 수유를 한 프로 엄마_
배우 **채시라**

Chae si ra

배우 채시라는 완벽주의자다. 대중에게 오래도록 신뢰받는 연기자
가 되기 위해 그녀가 얼마나 많은 노력을 기울이고, 얼마나 억척스럽
게 완벽을 추구하는지 주위 사람들은 다 안다. 그녀는 결혼하고 아
이를 키우면서도 아이들에게 완벽한 엄마, 최고의 엄마가 되기 위해
많은 노력을 기울였다. 대한민국 최고의 여배우가 촬영장에 유축기
를 가지고 다니며 틈만 나면 악착같이 모유를 짜냈다는 이야기를 들
으며 같은 엄마로서 가슴이 짠해졌다.

그러나 남편을 내조하고 아이들을 키울수록 그녀가 깨달은 것은
자신이 모든 것을 다 해줄 수도, 그들을 완벽히 만족시킬 수도 없다
는 것이었다. 그렇게 그녀는 남편과 아이들을 잘 내버려두는 법, 그
저 곁에서 지켜봐주는 법을 터득하고 있었다.

한 남자의 아내와 두 아이의 엄마가 된 배우 채시라는 어떤 엄마, 어떤 아내의 모습일지 정말 궁금했다. 우리가 익히 보아온 완벽한 그녀의 연기처럼 아내와 엄마로서의 인생도 똑부러지고 화려하고 우아할까. 과연 그럴 수 있을까.

기죽지 않고, 좌절하지 않고, 당당히 '괜찮아!'
:

16세에 데뷔해 줄곧 인기와 연기력을 동시에 인정받아온 채시라는 가수 김태욱과 결혼했다. 가수로 활발히 활동하던 그녀의 남편은 결혼 직후 그녀가 첫아이를 임신했을 무렵, 성대마비를 겪었다.

어느 날 목소리가 나오지 않아 찾아간 병원에서 의사는 남편에게 '소리를 내는 신경이 마비되는 불치병이다. 원인도 알 수 없다'는 청천벽력 같은 선고를 내렸다. 소리를 내지 못하게 된 가수는 하루아침에 인생의 모든 것을 잃은 듯 고통의 시간을 겪어야 했다. 남편에게도 크나큰 고통이었음이 분명하지만, 그녀에게도 큰 시련이었을 것이다. 이제 갓 신혼의 단꿈에, 엄마가 된다는 설렘에 취해 있어야 할 신부에게, 가수인 남편이 사형선고나 다름없는 성대마비 판정을 받았다는 소식은 얼마나 충격이었을까.

지금은 웃으며 이야기할 수 있지만, 당시는 굉장히 슬프고 힘들었다고 그녀는 담담히 이야기를 꺼냈다. 괴로워하는 남편에게 아무것도 해줄 수 없는 자신이 미안했고, 그저 옆에서 긍정적이고 희망적인 이야기들을 해주는 것밖에는 달리 도리가 없었다.

"괜찮아, 나을 수 있을 거야."

"곧 괜찮아질 거야."

그녀는 주문처럼, 기도처럼 항상 웃는 얼굴로 남편에게 용기의 말을, 희망의 언어를 전했다. 그리고 뱃속의 아이를 생각하며 부부는 고통의 시간을 강한 전우애로 이겨냈다. 마치 전쟁과도 같은 하루하루였을 것이다. 내게 주어진 무서운 운명을 상대로 기죽지 않고, 좌절하지 않고 당당히 맞서 이겨낸다는 것은 얼마나 힘든 일인가. 하지만 함께였기 때문에, 옆에서 나를 보고 웃어주는 아내가 있고, 곧 태어날 아기가 있었기 때문에 남편은 시련을 당당히 이겨낼 수 있었다. 지독한 재활치료도 확고한 투병의지로 견뎌냈고 결국 다시 소리내어 말할 수 있게 되었다.

가장 좋은 내조는 남편을 '잘 내버려두기'
:

'괜찮아'라는 말처럼 위로가 되는 말이 또 있을까. 삶이 힘겹게 느껴지고 나 자신이 초라하게 느껴질 때, 사람들은 모두 '괜찮다'는 그 말 한마디를 누군가로부터 듣기 위해 친구를 불러내고 연인을 찾고 가족에게로 향한다. 그리고 내가 사랑하는 그 누군가가 나의 하소연과 한숨에 '괜찮다'라고 진정 어린 한마디를 건네는 순간, 다시 살아갈 용기를 얻고 스스로를 다독여 바로 설 힘을 얻는다. 인생을 살면서 내게 가장 많이, 가장 진정으로 '괜찮다'고 말해준 이는 누구일까.

길을 걷다가 넘어져 우는 나에게 "괜찮아, 아가야" 하며 몸에 묻

은 흙을 툭툭 털어주시던 분도 엄마였고, 열이 펄펄 끓는 나를 들쳐
업고 병원으로 뛰어가면서도 "괜찮아, 금방 괜찮아질 거야"라며 안
심시켜준 이도 엄마였다. 대학에 낙방했을 때에도, 취직시험에 떨어
졌을 때도, 사랑하는 사람과 헤어졌을 때에도, 엄마는 늘 내게 "괜찮
아, 잘될 거야" 하며 진심 어린 위로와 용기를 건네주었다. 그녀도 그
녀의 엄마가 그녀에게 그랬던 것처럼, 시련에 맞닥뜨린 남편에게 진
심 어린 위로의 말을 수시로 전했고, 그렇게 큰 고통을 잘 이겨낸 부
부는 서로에게 깊은 신뢰와 존경과 사랑을 가지게 되었다.

그녀는 일하는 아내로서 특별히 내조를 잘한다기보다 남편을 잘 내
버려두는 것이 자신의 내조 비결이라고 웃으며 말했다. 어린 시절부터
또하나의 꿈이었던 사업가의 길로 들어선 남편에게 자주 간섭하고 보
태기보다는 덜어주고 가볍게 해주는 아내가 되고 싶었다. 늘 중요한
선택과 결정을 강요당하는 사업가, 기업인의 아내로서 자신은 그저 남
편이 신경쓰지 않게 아이들 교육을 전담하고, 용기와 희망의 말밖에
달리 해줄 것이 없는 것 같다고도 이야기했다. 정말 힘든 일이다. 불
안하고 궁금한 마음에 생각을 보태다 잔소리가 되고 갈등이 빚어지기
쉬운 부부 사이에서, 남편을 그저 내버려두는 일이 아내로서 얼마나
힘든 일인지 결혼한 여자는 다 안다.

가끔 남편이 아이들에게만 너무 신경쓰는 것 아니냐며 투정 아닌
투정을 부리기도 한다. 하지만 사실 남편은 가정과 아이들을 위해 그
녀가 얼마나 애쓰는지 잘 알고 있고, 그에 대해 늘 깊은 감사와 무한
한 신뢰를 보낸다. 그녀의 조용한 내조는 이렇듯 부부를 더욱 단단하

게 묶어주고 있었다.

촬영장에도 유축기 챙겨가는 엄마 배우
:

어린 시절부터 연기를 해온 탓에 다른 사람들보다 일찍, 스스로 선택하고 알아서 책임져야 했던 그녀는 저절로 완벽주의자가 되었다. 아이를 낳고 일을 하면서도 일에서나 육아에서나 늘 완벽하게 자신의 책임을 해내야 한다는 생각에 뭐든 몸이 부서져라 최선을 다했다. 아무리 그래도 여배우로서 촬영 기간에 모유 수유를 한다는 게 여간 어려운 일이 아니었을 것 같다는 내 말에, 그녀는 마치 어제 일처럼 그때의 이야기를 들려주었다.

"저희 엄마도 그랬고, 주변 사람들도 '당연히 모유 먹여야지' 해서 아무렇잖게 생각했는데, 막상 시작하면서부터는 '이렇게 힘든 거구나' 느꼈죠. 촬영장에 유축기를 가지고 다니면서 정말 열심히 했어요. 그랬더니, 제 에너지가 고스란히 전해져서인지 아이들이 정말 건강하게 컸죠. 첫째는 실제로는 9개월 먹이고, 한 달 치는 냉동실에 짜놓은 걸로 먹여서 10개월간 모유를 먹였고, 둘째는 13개월 동안 모유 수유를 했어요. 일하면서도 계속 아이의 젖을 짜놔야 하기 때문에 이동하면서 잠을 제대로 못 자는 게 제일 힘들었어요. 중간에 젖몸살도 여러 번 앓았고요. 그런데 아이가 젖을 물고 있으면 아이도 행복하고 저도 행복하고, 힘든 게 다 잊혔죠. 모성이 얼마나 강한 것인지 모유를 먹이면서 깨달았어요."

"저희 엄마도 그랬고, 주변 사람들도
'당연히 모유 먹여야지' 해서 아무렇잖게 생각했는데,
막상 시작하면서부터는 '이렇게 힘든 거구나' 느꼈죠.
촬영장에 유축기를 가지고 다니면서 정말 열심히 했어요.
일하면서도 계속 아이의 젖을 짜놔야 하기 때문에
이동하면서 잠을 제대로 못 자는 게 제일 힘들었어요.
중간에 젖몸살도 여러 번 앓았고요.
그런데 아이가 젖을 물고 있으면 아이도 행복하고
저도 행복하고, 힘든 게 다 잊혔죠."

하긴 힘들다고 생각하면 할 수 없는 일이다. 그러나 일하는 엄마로서, 그것도 모두에게 인정받는 여배우로서 엄마니까, 엄마라서 감수해야 하는 일들이 늘 고민거리고 갈등이 되기도 할 텐데, 그 갈림길에서 그녀의 대답은 단호하다.

"저는 엄마예요."

작품과 아이 중 뭘 선택할래?
:

그녀는 어린 시절부터 부모님의 든든한 뒷받침을 받아왔기 때문에, 자신의 아이들에게도 늘 최고의 조력자가 되어주기 위해 힘쓴다. 그래서 그녀에게는 일보다는 언제나 가정이 먼저다.

"작품과 아이 중 뭘 선택할래? 하면 당연히 작품보다는 아이죠. 진짜 엄마가 된 것 같아요."

그녀는 자식 교육에도 열심이라고 이미 소문이 자자하다. 그 노하우를 묻는 내 질문에 그녀는 이야기보따리를 술술 풀어놓았다.

"저도 엄마로선 늘 처음이니까 육아서적을 많이 읽어요. 좋은 구절이나 실천할 것들은 메모해서 붙여놓고요. 집안 곳곳에 종이가 너덜너덜하게 붙어 있죠. 남편도 씻으면서 보라고 욕실에도 붙여놔요. 어디 학원을 보내고 그러는 건 나중 문제죠. 아이가 태어났을 때부터 엄청나게 많은 이야기를 건넸고, 눈을 맞추면서 많은 걸 읽어줬어요. 아이가 못 알아듣는다고 지레짐작하지 않고, 다 이해한다고 생각하면서 동시, 동요를 계속 읽어줬죠. 엄마 목이 쉴 정도로요."

아이들에게 책을 읽어주는 일은 물론 행복한 일이지만, 엄마들은 다 안다. 매일 책을 낭독하다보면 목이 얼마나 아픈지 말이다. 나도 모르게 역할에 몰입해서 재미있게 책을 읽어주다보면 아이는 열 권이고, 스무 권이고 밤이 깊을수록 눈을 말똥거리며 책을 읽으라고 한다. 계속……

사춘기를 지나는 아이, 때론 받아주고 때론 눌러주고
:

그렇다고 그녀가 엄마로서 늘 승승장구하고 있기만 한 것은 아니다. 아이들을 키우면서, 그리고 지금 이 순간에도 부모로서, 엄마로서 그녀는 늘 시행착오를 겪는다. 어느새 6학년이 된 큰딸이 사춘기는 아닌지 묻는 내 질문에 그녀가 눈을 반짝였다. 그녀가 요즘 가장 신경쓰는 일이라는 뜻이다. 그녀는 부모와 아이의 관계가 좋으면 사춘기를 조금 부드럽게, 자연스럽게 넘어갈 수 있다고 들었다며 요즘 딸과 잘 지내려고 많이 노력하는 중이라고 말했다.

사춘기를 겪는 아이와 어떻게 해야 잘 지낼 수 있을까. 그녀는 적당히 받아주기도 하고, 적당히 눌러주기도 해야 한다고 말한다. 역시 베테랑 엄마다. 하지만 그녀에게도 역시 쉽지만은 않은 일이다. 자식을 상대로 적정선을 지켜주는 일은 부모라서 꼭 해야 하는 일이지만, 부모라서 더 어려운 일임을 그녀도 뼈저리게 느끼고 있다.

내가 몸이 힘들고 귀찮으면 "그래. 그래" 하며 다 풀어주다가, 컨디션이 좋으면 그제야 교육 좀 해보겠다고 "이리 좀 와봐라" 하면서 책을 읽어주거나 뭔가를 가르치려고 하는, 엄마가 처음인 내게도 역시 그녀가 말하는 그 '적정선'이라는 것이 늘 도전해야 할 과제이긴 마찬가지다.

시행착오투성이, 우린 모두 엄마가 처음인 엄마들
:

아빠 엄마가 가수, 연기자로 끼가 대단한 사람들이니 아이들도 소질이 많을 것 같다는 나의 질문에 그녀가 또 눈을 빛냈다. 자식 얘길 할 때면 눈이 빛나는 그녀는 영락없는 엄마다.

"첫째 딸은 엄마보다는 아빠 성향을 닮아 자유로운 영혼이죠. 둘째 아들은 엄마와 비슷한 면이 있어요. 첫째는 대기만성형인 것 같아요. 1학년 때보다 6학년 때 더 발전해서 공부도 잘하게 되고, 자기 일에 책임감도 생겼고요. 둘째는 아직 일곱 살인데, 똘망똘망해요. 첫째는 느긋하고 만사 급한 게 없는데, 둘째는 눈치도 빨라요. 아무래도 둘째라 보고 자라는 부분이 있죠. 첫째랑 둘째가 다른 부분이 있어서 더 좋아요."

한 부모에게서 나와도 아이마다 성격도 개성도 다 달라서 그녀는 자녀들에게 하나의 육아방식만을 고집해서는 안 되는 것 같다고 말했다. 완벽주의자 엄마가 대기만성형인 큰딸을 키우면서 깨달은 지혜일 것이다.

"첫째는 저도 엄마가 처음이잖아요. 시행착오가 참 많았어요. 그래서 '나도 처음이고 너도 처음이라 너를 잘 이해하지 못했구나'란 생각에 첫째에겐 좀 미안해요. 둘째를 기를 때는 그런 걸 걷어내고 엄마로서 쏟아부어줘야 할 것들을 집약해서 해주려고 노력하게 됐죠. 첫째를 키우면서 배운 것들이 참 많아요."

일할 때는 일에만, 집에서는 엄마로만
:

그녀와 대화하다보니 그 부지런함과 완벽함, 육아에 대한 열성에 괜시리 집에 있는 내 아이가 생각나 미안해졌다. 하지만 슈퍼맘인 그녀에게도, 일과 육아를 병행한다는 것은 여전히 어렵지 않을까.

나의 고민에 그녀는 일하는 엄마로서의 기본을 전해주었다. 주어진 상황에 최선을 다하라는 것이다. 일할 때는 일에만 집중하고, 집에 들어가는 순간은 온전히 엄마가 되어 엄마로서 최선을 다하는 것이 그녀의 단순한 비결이란다. 일하면서는 아이가 걱정스러워 안절부절못하고, 집에 가면 피곤해서 아이와 제대로 못 놀아주지 말고, 일할 때는 일만 열심히, 집에서는 육아만 열심히, 그렇게 철저히 분리해서 역할에 몰입하는 것이 엄마에게도 아이에게도 최선인 것 같다는 그녀의 얘기에 고개가 절로 끄덕여진다.

사람들은 흔히 그녀가 여배우니까 집에서 살림 챙겨주고 아이 돌봐주는 사람을 다 따로 둘 테니 딱히 어려울 게 없을 거라 생각한다. 하지만 채시라라는 사람을 직접 만나본 사람들은 하나부터 열까지 제 손을 거쳐야 직성이 풀리는 그녀의 성격을, 생활을 단번에 알아차린다.

281

아기가 처음 태어나던 순간을 늘 기억한다

:

엄마로서 꼭 해야 하는 것이 무엇이라고 생각하느냐는 내 질문에도 그녀는 막힘없이 이야기를 이어나갔다.

"책 읽어주는 것, 오늘 하루 어땠느냐고 물어봐주는 것. 이 두 가지가 제가 하루도 빼먹지 않고 아이들에게 하는 일이에요. 오늘은 '어떤 좋은 일이 있었니?' '나쁜 일은 없었니?' '오늘 기분은 어땠니?' 묻고, 아이들과 짧게라도 꼭 이야기를 나누죠. 그리고 한 가지 더 있어요. 아무리 늦게 집에 들어가도 아이들 숙제를 꼭 봐줘요. 그러니 얼마나 피곤하게 사는 거예요. 몸이 마를 수밖에 없는 것 같아요. 하지만 그때가 아니면 할 수 없는 것들을 꼭 해주고 싶어요. 제가 피곤해서 미루면 나중에 후회할 것 같아서요."

그녀를 따라가려면 나는 아직 멀었다는 생각이 들었다.

아이를 키우는 엄마의 마음가짐에 대해 그녀는 이렇게 이야기했다.

"모든 엄마들이 아이를 키우고, 저마다 노하우가 있고, 각자의 고충이 있죠. 그래도 어떤 상황에서든 아이가 처음 태어났을 때 모습을 기억하면서 소중하고 기뻤던 순간을 생각하는 게 중요해요. 아이가 커가면서 화나고, 내 맘대로 안 되고, 인내심을 요하고, 나 자신을 수양하게 만드는 부분이 있거든요. 아이가 태어났을 때의 그 기쁨과 다짐을 잊지 말고 키웠으면 좋겠어요. 이건 저 스스로에게 제가 늘 해주는 말이에요. 그리고 엄마가 건강해야 해요. 내 컨디션이 안 좋을 때면 화가 먼저 올라오거든요. 야단치고 싶을 때는 한번 꾹 참

아도 보고, 좋게도 얘기해보고. 이건 엄마가 피곤하지 않아야 가능해요. 엄마 컨디션이 좋아야 아이가 행복하죠."

엄마가 건강해야 아이도 건강하고, 엄마가 행복해야 아이와 가정이 두루 행복해진다.

"그때가 아니면 할 수 없는 것들을 꼭 해주고 싶어요.
제가 피곤해서 미루면 나중에 후회할 것 같아서요.
아이가 처음 태어났을 때 모습을 기억하면서
소중하고 기뻤던 순간을 생각하는 게 중요해요.
아이가 커가면서 화나고, 내 맘대로 안 되고,
인내심을 요하고,
나 자신을 수양하게 만드는 부분이 있거든요.
아이가 태어났을 때의 그 기쁨과 다짐을
잊지 말고 키웠으면 좋겠어요.
이건 저 스스로에게 제가 늘 해주는 말이에요."

대한민국에서 워킹맘으로 산다는 것

포기도, 은퇴도 없이 24시 치열하게 살아가는 만인의 엄마_

농구코치 **전주원**

Jeong ju won

    우리나라의 여자 운동선수들은 보통 결혼하거나 임신하면 은퇴를
한다. 육체적으로 고된 스포츠 세계에서 최고의 역량을 보이기에는
여자로서 자연스럽게 겪게 되는 임신과 출산이 큰 장애물이 되기 때
문이다.

    그러나 전주원은 출산 후 은퇴했던 코트에 다시 복귀해 전성기에
버금가는 성적을 냈다. 그녀는 현역으로서의 수명이 짧은 여자 농구
계에서 마흔의 나이까지 선수로 활약했으며, 지금은 은퇴 후 지도자
의 길을 걸으며 후배들의 희망이자 롤모델이 되고 있다. 결혼과 출
산, 은퇴와 복귀, 그리고 평생의 조력자였던 어머니의 죽음까지, 그녀
의 30년 농구인생에는 여자와 엄마로서의 만만치 않은 삶이 빼곡히
겹쳐 있었다.

© 박기열

5년 연속 최하위 팀을 1년 만에 우승으로
:

나는 그녀에게 지난 시즌 우리은행의 경이로운 우승에 대해 시끌벅적한 축하인사부터 건넸다. 그러나 그녀는 모든 공을 감독과 선수들에게 돌렸다. 그녀가 우리은행에 처음 여성 코치로 부임했을 때, 우리은행은 5년 연속 최하위 팀을 기록하고 있었다.

처음 선수들을 대면하고 자신감이 결여된 모습이 가장 안타까웠던 그녀는 선수들에게 자신감을 찾아주는 일이 급선무라고 생각했다. 승리를 확신하지 못하고, 미리 패배를 예감하고 두려워하는 선수들의 모습을 지워버리기 위해서는 연습, 또 연습하는 수밖에 없었다.

그녀는 팀은 결국 감독의 역량으로 움직이는 것이라고 믿는다. 자신은 여성 코치로서 여성 선수와 감독 사이에서 가교 역할을 잘해야겠다는 생각밖에 없다. 자신을 믿어준 감독님과 극심한 연습량을 견뎌내준 선수들에게 그저 감사할 뿐이라는 그녀는 아직 코치생활 2년 차라 배울 것이 많다고 이야기하는 겸손하기까지 한 여자다.

"엄마가 너 다녀오라고 그러나보다, 시합 잘하고 와라"
:

힘들지만 그녀의 어머니 이야기를 그냥 넘길 수 없었다. 그녀는 '엄마'라는 단어를 듣자마자 눈물부터 흘렸다. 아직도 집에 가면 엄마가 계실 것 같고, 엄마의 부재를 인정하고 싶지도 않고, 인정되지도 않는다며 그녀는 소리내어 울었다.

2차전 경기 날, 그녀의 어머니는 평소와 다름없이 식혜를 만들어 경기장을 찾아오셨다. 관중석에서 그녀를 향해 환하게 웃으며 연신 손을 흔들어주셨다. 그날 경기에서 우리은행이 승리하자 그녀의 어머니는 뛸 듯이 기뻐하며 이모에게 "됐어! 됐어! 오늘이 제일 중요했는데, 얘네 3차전에서 끝낼 거야!"라고 말씀하셨다고 한다. 체육관에 오셔서도 계속 소화가 잘 안 되는 것 같다고 하셨는데, 그날 밤 주무시다가 심근경색으로 어머니가 갑작스레 돌아가신 것이다.

다음날 아침, 어머니가 돌아가셨다는 전화를 받고도 그녀는 믿을 수가 없었다. 병원으로 달려갔으나 어머니는 이미 주검이 되어 있었다. 다음날인 3차전 당일, 어머니의 입관식이 오후 3시로 잡혀 있었는데, 행정처리 때문에 밤 10시로 미뤄졌다. 그녀의 아버지는 "엄마가 너 다녀오라고 그러나보다. 그러니까 시합 잘하고 와라" 하고 말씀하셨고, 그렇게 그녀는 시합을 끝내고 다시 빈소로 돌아가 어머니의 입관식을 마쳤다.

시합이 끝나고 선수들이 우승컵을 들고 빈소를 찾아왔다. 그 우승컵을 엄마 곁에 하루 동안 같이 놓아드렸다고 말하면서 그녀는 다시 울었다.

전주원의 어머니 천숙자 여사
:

그녀의 어머니는 농구계에서 유명한 분이었다. 전주원이라는 선수는 그녀의 어머니가 만든 것이라고 농구계 사람들은 하나같이 말한다. 그녀의 어머니가 보여준 지극정성은 선수 어머니들의 표본이자 교본이 될 정도로 일화가 많다.

사실 그녀의 어머니는 딸이 농구선수가 되는 걸 반대했었다. 운동선수는 몸이 힘드니까 그것만 빼고 다른 건 뭐든 하라고 하셨다. 하지만 그녀는 운동선수가 꿈이었던 아버지를 대신해 농구선수가 되었다. 그녀의 어머니는 똑똑한 딸이 판사나 의사가 되길 내심 바랐다. 그러나 딸이 결정한 순간 그녀의 어머니는 전폭적인 지원을 했다. 농구계에서 전주원의 어머니 천숙자 여사는 유명인이다. 딸의 경기가 있는 날이면 어김없이 관중석에 앉아 딸을 응원하고, 경기가 끝나면 딸뿐만 아니라 팀원들 전체가 먹을 음식을 싸가지고 와 선수들을 매번 배불리 먹였다.

그녀의 어머니가 만든 식혜는 선수들 사이에서 인기메뉴였다. 지금도 '주원이 어머니가 만들어주신 식혜가 생각난다'는 선수들이 많다. 돌아가시기 전날도 어머니는 어김없이 식혜를 하나 가득 싸가지고 오셨다.

1993년 농구대잔치 때, 그녀의 어머니가 딸이 좋아하는 음식을 잔뜩 싸서 부산까지 내려갔던 일화는 유명하다. 그녀의 어머니는 딸의 건강을 위해 평생 딸의 먹을거리를 챙겼다. 체력 소모가 많은 선수들에게 잘 먹는 게 얼마나 중요한지 아셨던 어머니는 그녀가 우리은행 코치로 간 이후에는 더 열심히 반찬을 싸들고 오셨다. 우리은행 선수들 중 전주원 코치 어머니의 음식을 먹어보지 못한 사람은 없다.

그뿐만이 아니다. 그녀의 어머니가 살아생전 다니시던 절에는 우리은행 모든 선수들의 이름이 하나씩 적힌 연등이 지금도 달려 있다. 그녀의 어머니가 늘 우리은행 선수 한 명 한 명의 이름을 부르며 기도했다는 걸 그녀는 엄마가 돌아가신 후에 알게 되었다.

최악의 상황에서는 최선의 경우 하나만 생각해
:

선수로서 탄탄대로를 걸었을 것 같은 그녀에게도 한 번의 위기가 있었다. 돌연 오른쪽 무릎의 십자인대가 끊어진 것이다. 그때 그녀의 나이는 서른, 선수 중 최고령이었다. 다들 십자인대가 끊어지면 선수 생명도 끝이라고 말했다. 그러나 그녀는 이를 악물었다.

'이대로, 부상으로 물러설 수는 없다. 잘하든 못하든 코트에서 은
퇴해야지.'

그녀는 그때의 일을 회상하며 이렇게 말했다.

"제 성격이 어떠냐 하면요. 제가 처한 최악의 상황에서 최선의 경우를 하나 딱 찾아요. 하나만 찾아서 그것만 생각해요. 왜냐하면 상황이 너무 힘든데, 이것저것 다 생각하다보면 아무것도 제대로 하지 못하고, 결국 그 상황을 이겨내지 못하게 되니까요. 최선의 경우 그 하나만 생각하고, 그 하나에만 집중해서 철저하게 해낼 때만 위기 상황에서 탈출할 수 있었어요."

그녀는 일본에 가서 수술을 받았고, 6개월의 물리치료 후 바로 코트로 복귀했다.

우리은행 선수들 중 전주원 코치 어머니의 음식을
먹어보지 못한 사람은 없다. 그뿐만이 아니다.
그녀의 어머니가 살아생전 다니시던 절에는
우리은행 모든 선수들의 이름이 하나씩 적힌
연등이 지금도 달려 있다.

그녀의 어머니가 늘 우리은행 선수 한 명 한 명의
이름을 부르며 기도했다는 걸
그녀는 엄마가 돌아가신 후에 알게 되었다.

수술 후 정상적으로 걷는 데만 6개월이 걸린다고 했는데, 6개월 만에 코트에서 시합을 뛰었다니 그녀가 얼마나 죽기 살기로 '빨리 완쾌해서 코트로 돌아간다'는 한 가지에만 집중했을지 상상이 간다. 사실 선수가 부상을 당하면 트라우마가 생겨 또다시 부상당할까봐 심리적으로 굉장히 위축된다고 그녀는 말했다. 운동선수는 자신의 육체뿐만 아니라 정신까지 완벽히 지배해야 하니 얼마나 정신력이 강해야 할까 싶었다. 어쨌든 그녀는 코트로 돌아왔고, 우려하는 사람들 앞에서 보아란듯이 최고의 성적을 냈다.

산후조리는 백과사전이 시키는 대로
:

그렇게 부상을 이겨낸 그녀는 딸아이를 임신하고 첫번째 은퇴를 했다. 나이가 어린 것도 아니었고, 이미 은퇴할 때가 지난 그녀는 그렇게 자연스럽게 코트를 떠나는 것처럼 보였다.

산후조리는 역시 그녀의 어머니가 도와주셨다. 그녀는 어렸을 때부터 원칙과 규칙을 잘 지키도록 교육받았고, 산후조리를 할 때도 출산 백과사전에서 하라고 하는 것은 다 지켰다고 했다.

하루에 책도 삼십 분 이상 보지 않았고, 컴퓨터도 일절 안 하고, 스트레칭도 열심히 했다. 100일 동안 한 번도 양말을 벗지 않았다. 그녀가 아기를 낳은 것이 9월이라 춥지도 않았을 텐데, 왜 100일씩이나 양말을 신고 지냈느냐니까 백과사전에 100일이라고 써 있어서 그랬단다.

그런 그녀의 성격을 두고 남편은 너무 FM^{field manual}(교본)이라며 가끔 불평하기도 하지만, 어린 시절부터 선수생활을 해온 그녀는 룰만 지키면 피곤할 일이 없다고 말한다. 지키면 편할 걸, 왜 안 지켜서 서로 불편한 상황을 만드는지 그녀는 이해가 잘 가지 않는다고 했다.

다 같이 정해진 룰만, 정해진 약속만 지킨다면 사실 세상에 피곤할 일이, 불편할 일이 뭐가 있겠는가. 다들 요모조모 따져가며 합리적인 약속과 규칙을 만들어놓고도, 당장 눈앞의 일만 생각하고, 자기 몸 하나 편한 것만 생각하느라 그 약속을 어긴다. 모든 문제는 거기서 발생하는 것이다.

엄마, 난 안 울고 싶은데, 자꾸 눈물이 나
:

당시만 해도 아이를 낳고 다시 코트에 복귀하는 여성 선수는 극히 드물었다. 하지만 신한은행에서 그녀를 간절히 원했고, 그녀는 자신을 믿고 필요로 하는 팀에 의리를 지키고 싶었다. 그렇게 해서 그녀는 마흔이라는 나이까지 현역선수로 뛰며 신한은행 농구단 창단 이래 최고의 전성기를 함께했다.

그녀의 딸 수빈이는 이제 초등학교 4학년이다. 어느덧 10대 소녀가 된 것이다. 합숙이 시작되면 몇 달씩 집에 못 들어가는 그녀는 딸아이에게 늘 미안한 엄마다.

수빈이는 "엄마는 왜 농구를 했어? 다른 일을 했으면 집에 있었을 거 아니야!"라며 때론 볼멘소리를 하기도 하고, "엄마가 너무 보고 싶어. 엄마랑 잘래!" 하면서 글썽거리는 눈으로 엄마의 사진이 나온 책을 꼭 안고 자기도 한다.

　아이가 계속 전화해서 엄마 보고 싶다고 빨리 오라고 하면 처음에
는 좀 받아주다가, 나중에는 못 받거나 안 받게 되는 나도 그녀의 이
야기를 들으면서 아이에게 미안했던 일들이 떠올랐다. 집에 새벽 1
시가 다 돼서 늦게 들어가던 날, 보통 밤 10시면 자는 민준이가 엄마
가 곧 올 거라고 자정까지 눈에 힘을 주면서 안 자려고 버티다가 끝
내 잠이 들면서도, 엄마 오면 꼭 깨워달라고 신신당부를 했단다. 옆
에 엄마 그림까지 그려놓고 '엄마 사랑해요'라고 써놨는데 그날 어찌
나 눈물이 나던지……

　엄마랑 헤어질 때 "엄마, 난 안 울고 싶은데, 자꾸 눈물이 나"라고
말하는 딸아이를 보면 그녀는 아직도 가슴이 미어진다. 그럼에도 불
구하고 그녀와 나는 결국 아이들은 강해지고, 엄마들도 계속 노력하
면 워킹맘의 삶이 불가능하지 않다는 것을 보여줄 수 있다고 서로를
응원했다.

　요즘도 그녀는 떨어져 있어도 딸이 숙제하다가 모르는 것이 있으
면 사진을 찍어 보내라고 해서 숙제를 도와준다. 요즘은 학교 숙제가
거의 엄마 숙제에 가까워서 엄마가 도와주지 않으면 아이 혼자서 숙
제를 다 해가기가 너무 어렵다. 그래서 그녀는 그렇게 원격으로라도
아이의 숙제를 꼭 봐준다.

　나는 다시 반성했다. 민준이 유치원에서 멜로디언을 가져오라고 했
는데, 내가 너무 바빠서 알림장을 못 보는 바람에 챙겨 보내지 못한
일이 있었다. 다른 아이들은 다 멜로디언을 부는데, 민준이만 일주일

내내 그 시간에 그냥 가만히 앉아 있었다는 것이다. 나는 그 얘기를 한참 지나서 우연히, 그것도 아이에게서 듣고야 말았다.

그녀는 아이를 키우면서 엄마 생각이 정말 많이 난다고 말했다. '엄마도 우리 삼 남매를 이렇게 키웠겠구나' 싶어 속절없이 눈물이 흐른다. 운동 끝나고 집에 들어갈 때면 그녀는 늘 힘들고 피곤한 모습이었고, 엄마는 늘 그렇게 그녀의 힘든 모습을 지켜봐준 분이었다. 엄마에게 더 많이 말을 걸고, 더 많이 웃어드리지 못한 것이 그녀는 가슴속에 한으로 남는다고 했다.

일도 노는 것처럼, 육아도 노는 것처럼
:

한국에서 워킹맘으로 산다는 것은 정말 힘든 일이다. 자신의 일을 하면서 엄마로도 살기에는 하루 24시간이 모자라다.

"그런데 일이 좋아서 하는 거잖아요. 일도 해야 하고, 가족도 지켜야 하고, 나도 지키려면 너무 힘드니까, 저는 제 일에 제 개인적인 시간을 양보해요. 그렇게 하는 게 시간적으로도 정신적으로도 저는 더 편해요. 내가 일이 좋아서 하는 건데, 뭘 또 다른 여가를 찾을 필요가 있나. 처음엔 내 시간이 없다는 게 스트레스였는데, 지금은 적응됐어요. 가족과 있을 땐 가족에게 최선을 다하고, 일할 때는 일에 최선을 다하고…… 제 개인적인 시간이 없다는 게 가끔 좀 슬프긴 하지만, 일이 좋아서 하는 거니까, 한국의 워킹맘으로서 최선을 다해야겠다 생각해요."

그녀가 가끔 남편에게 투정처럼 이런 얘기를 토로하면 그녀의 남편은 말한다.

"나도 내 개인적인 시간이 없는 것 같아. 하지만 당신도 일을 하니까, 아내가 전업주부인 다른 아빠들보다는 내가 가정이나 아이한테 더 많은 시간을 할애하는 게 당연한 거지. 나는 요즘 아이와 노는 시간에 나도 신나게 놀려고 노력해. 그럼, 그게 내 여가 시간이기도 한 것 아닌가."

일도 노는 것처럼, 육아도 노는 것처럼. 참 지혜로운 아내이고 남편이다.

엄마는 언니들 엄마 하러 가야지
:

그녀는 자신의 어머니가 그랬듯, 딸아이에게 자기가 원하는 걸 찾을 수 있도록 두고 보고, 믿고 기다려주는 엄마가 되고 싶다. 수빈이를 늘 곁에서 챙겨주시는 그녀의 시어머니는 이제 엄마가 세상에 없는 며느리에게 엄마 노릇까지 하느라 더 바빠지셨다.

"엄마는 우리은행 선수 언니들 엄마 하러 가야지!"

수빈이는 이제 제법 어른스럽게 이렇게 말하기도 한다. 눈물을 삼키고 웃으며 엄마를 보내주는 딸이 그녀는 고맙고 미안하기만 하다. 그러나 밖에서 일하는 엄마는 때로 만인의 엄마가 되어야 한다.

선수 시절에는 덜 그랬던 것도 같은데, 코치가 되고부터 그녀는 사실 아이보다 일이 우선일 때가 많다고 고백했다. 선수들 하나하나 챙기고 관리하고 살펴주는 팀의 엄마 노릇을 하다보니, 집에 있는 한 마리 꼬마 양을 자꾸 놓치게 된다.

그러나 그녀는 좋은 쪽으로 생각한다. '내가 여기서 얘네들 엄마 노릇 하고 있으면, 또다른 어떤 고마운 엄마가 우리 딸 수빈이에게도 엄마 노릇을 해주고 있겠지……' 그게 남편이든, 시어머님이든, 선생님들이든, 동네 아줌마들이든, 그녀는 "우리 모두 그렇게 필요한 누군가에게 고마운 엄마처럼 일하면 되는 것 아닌가요?" 하며 쑥스럽게 웃었다.

왜 아니겠는가? 워킹맘으로서 내 아이를 뒤로하고 사회에 나와 또다른 누군가의 엄마 노릇을 하고 있는 우리들, 때로는 동료에게, 후배들에게, 고객들에게, 가르치는 학생들에게, 나에게 하소연을 해오는 민원인들에게, 사연을 통해 아픔을 나누는 청취자들에게 엄마 노릇을 하고 있는 우리는 지치고 힘든 세상에서 모든 아들딸들의 영혼을 달래주는 누구나의, 모든 이의 엄마다.

그녀는 좋은 쪽으로 생각한다.
'내가 여기서 애네들 엄마 노릇 하고 있으면,
또다른 어떤 고마운 엄마가 우리 딸 수빈이에게도
엄마 노릇을 해주고 있겠지……'
그게 남편이든, 시어머님이든,

선생님들이든, 동네 아줌마들이든, 그녀는
"우리 모두 그렇게 필요한 누군가에게
고마운 엄마처럼 일하면 되는 것 아닌가요?" 하며
쑥스럽게 웃었다.

주말에도
일하던 엄마,
여자들을 위한
신의 직장
CEO가 되다

250만 원을 2500억 원으로 만들어 더불어 나누는 배포 큰 엄마_
SM C&C 대표 **송경애**

Song kyoung ae

　스물다섯의 나이에 자본금 250만 원으로 시작한 회사를 2500억 원대의 코스닥 상장기업으로 성장시킨 송경애 대표는 정작 자신의 성공보다 타인을 향한 기부와 나눔으로 더 잘 알려진 인물이다. 특별한 날에 가족끼리 선물을 주고받기보다 도움이 필요한 곳에 기부하면 그 특별한 날이 더 특별해질 수 있다며 환하게 웃는 여자, 남편은 물론 장성한 아들들까지 그녀와 뜻을 같이하며 나누는 삶에 푹 빠지게 한 그녀의 힘은 어디에서 나오는 걸까.

　그녀는 자신이 열심히 돈을 버는 이유는 더 많은 사람들과 나누기 위해서라고 단호하게 말한다. 여자로서, 엄마로서 늘 삶을 긍정적으로 바라보고 그래서 더 행복할 수 있다는 그녀와 대화하고 싶었다.

아버지로부터, 결혼으로부터, 도망치다

:

행복한 이야기로 시작될 줄 알았던 그녀의 이야기는 그러나 처음부터 고난의 연속이었다. 중학교 때 아버지를 따라 미국으로 이민을 간 그녀는 보수적인 아버지 밑에서 아버지의 뜻대로 순종적인 삶을 살아야 했다. 아버지가 하라는 공부 하고, 아버지가 정해주는 사람과 결혼해서 살면, 여자한테는 그게 행복이라고 늘 말씀하시던 아버지였다.

내 앞에서 이렇게 당당하고 자신감 넘치는 그녀가 어떻게 그런 삶을 살 수 있었을까. 도무지 믿기지가 않는다고 했더니, 그녀는 자기가 그때 집에서 도망쳐 한국으로 건너와, 혼자서 자신의 삶을 개척하지 않았다면, 자기는 여전히 아버지 밑에서 아버지가 짝지어주신 남자와 결혼해 살고 있었을지도 모른다고, 생각만 해도 끔찍하지 않느냐며 웃어 보였다.

중학교 때 건너간 미국이 싫지는 않았지만, 그녀는 그래도 늘 한국에 가서 살고 싶다는 생각을 해왔다. 어쩌면 아버지에게서 도망치고 싶은 생각 때문이었는지도 모른다. 어쨌든 그녀의 아버지는 대학을 졸업한 딸에게 짝을 지어주고, 그녀의 마음엔 전혀 들지 않는 남자와 청첩장까지 찍어버렸다. 꼼짝없이 아버지의 뜻을 따를 수밖에 없는 상황이었지만, 그녀는 도저히 그러고 싶지 않았다. 아니, 그럴 수 없었다.

1만 달러가 든 핸드백 하나 들고 고국으로

:

그녀는 그렇게 1986년 겨울, 유럽여행을 가려고 모아두었던 전 재산 1만 달러를 핸드백에 담아 들고 댈러스 공항으로 무작정 향했다. 꼬박 하루를 날아 고국에 도착한 그녀는 일단 한국에 여행 올 때 자주 들렀던 신라호텔에 체크인을 했다.

그녀는 고등학교를 졸업하고, 한국에 있는 대학에 진학했다. 답답한 집에서 떠나고 싶기도 했고, 끈질기게 그녀를 쫓아다니던 남학생에게서도 해방되고 싶었기 때문이다. 당시 한국에는 영어를 잘하는 그녀가 할 만한 일들이 많았다. 통역도 하고, 가이드로도 나서며, 주로 한국에 온 외국인들을 상대로 아르바이트를 했다.

그때의 기억 때문이었는지, 그녀는 내 나라 한국에서, 혼자서 못 살 것도 없겠다는 생각이 들었단다. 그러던 중 그녀는 신라호텔의 VIP 코디네이터 모집 공고를 보게 되었고, 호텔리어가 되기로 결심했다. 그러나 호텔리어로서의 삶은 얼마 가지 못했다. 수직적인 구조와 지극히 한국적인 조직문화가 그녀에게 도무지 맞지 않았기 때문이다.

그러나 경험이 남겨준 것은 있었다. 그녀는 호텔에서 VIP를 상대로 일하면서, 여행업에 관심을 갖게 되었다. 1987년 당시는 아직 해외여행 자율화 이전이라 국내 여행사가 고작 100여 개에 불과했다. 그녀는 대학 때 외국인들을 상대로 아르바이트를 했던 것처럼, 국내로 여행을 오거나 국내에 거주하는 외국인들의 여행 관련 일을 하면 잘할 수 있겠다고 생각했다. 그러나 수중에 남은 돈은 250만 원이 전부였다.

그녀는 가진 돈 전부를 털어 이태원에 '이태원여행사'라는 조그마한 사무실을 차렸다. 외국인들을 상대로 일하려면, 외국인들이 많은 곳으로 가야겠다는 단순한 이유였다. 그리고 그녀는 여행사를 시작한 지 불과 2년 6개월 만에 목표매출액인 항공권 판매액 100만 달러에 도달했다.

1988년, 서울올림픽을 맞아 외국인 관광객들의 숙박시설이 부족하리라는 것을 미리 예상하고 2~3만 원짜리 방들을 예약해두었는데, 그 방들이 8~9만 원까지 가격이 뛰면서 큰돈을 벌 수 있었던 것이다.

그녀는 무작정 외국인들을 찾아나섰다. 항공권이 필요한 외국인들을 직접 만나야 했다. 외국인 밀집 지역을 무작정 찾아다녔다. 연희동에 있는 외국인학교에서 경비원 아저씨에게 쫓겨난 적도 한두 번이 아니다. 횡단보도 건너편에서도 외국인만 보면 무조건 달려갔다.

'엘리베이터 세일즈'도 했다. 무작정 엘리베이터에 타서 외국인이 있으면 30초 내에 영어로 회사를 홍보하고, '여행 갈 일 있으면 꼭 내게 연락하라'며 명함을 주었다. 김포공항 국제선 앞, 외국인들이 수속하는 항공 카운터 앞에서 종일 서성거리며 영업하기도 했다. 그녀는 구두 뒷굽이 부러진지도 모르고 그렇게 걷고, 또 걸었다.

더 많은 사람들과 기뻐할 수 있는 의미 있는 날
:

그 덕분에 회사는 매년 10~20%씩 성장했고, 어느덧 매출 규모가

2500억 원에 이르는 회사가 되었다. 엄청난 성과다.

그녀는 2013년 김만덕상을 수상했다. 여성의 몸으로 거상이 되었던 김만덕의 뜻을 기리기 위해 만들어진 김만덕상은 그녀가 이룬 놀라운 성과보다 그녀가 보여준 나눔과 기부 정신 때문에 받게 된 것이었다.

그녀의 기부는 특별하다. 자신에게 특별한 날이거나 기념할 만한 일이 있을 때는 어김없이 기부를 한다. 대단한 계획을 세우거나 큰맘먹고 기부하는 것이 아니라, 그녀에게는 이미 기부가 생활화되어 있는 것처럼 보였다.

예를 들어, 2010년 11월 17일이 그녀에게 뭔가 의미 있는 날이라면 그녀는 2010만 1117원을 기부한다. 그것만큼 그날을 영원히 기억하게 하는 좋은 방법은 없다고 그녀는 말했다. 누군가에게 특별한 날 받은 선물은 두 사람만의 기억으로 끝나지만, 그런 식으로 기부를 하면 자신뿐만 아니라 다른 사람들도 그날이 평생 기억에 남을 수 있으니, 그녀에게만 의미 있던 날은 그녀의 기부를 통해 더 많은 사람들에게도 의미 있는 날이 된다는 얘기다.

늙고 주름진 얼굴이 더 아름답다

:

이미 모든 것을 이룬 듯한 그녀에게 단도직입적으로 꿈이 뭐냐고 물어보았다. 하루하루 즐겁게 살면 되지, 더이상 꼭 어떤 꿈을 꾸어야 하는지 모르겠다는 답이 돌아왔다.

횡단보도 건너편에서도
외국인만 보면 무조건 달려갔다.
'엘리베이터 세일즈'도 했다.
무작정 엘리베이터에 타서 외국인이 있으면
30초 내에 영어로 회사를 홍보하고,
'여행 갈 일 있으면 꼭 내게 연락하라'며 명함을 주었다.
김포공항 국제선 앞,
외국인들이 수속하는 항공 카운터 앞에서
종일 서성거리며 영업하기도 했다.
그녀는 구두 뒷굽이 부러진지도 모르고
그렇게 걷고, 또 걸었다.

그러면서 오드리 헵번이 죽기 전 자식들에게 들려주었다는 글을
상기시켰다.

"아름다운 입술을 간직하고 싶으면 친절한 말을 하라. 사랑스러운
눈길을 갖고 싶으면 사람들에게서 좋은 점을 봐라. 날씬한 몸매를 갖
고 싶으면 너의 음식을 배고픈 사람과 나누어라. 아름다운 머리카락
을 갖고 싶다면 하루에 한 번, 어린이가 그 손가락으로 너의 머리카
락을 쓰다듬게 하라. 아름다운 자세를 갖고 싶다면 결코 너 혼자 걷
고 있지 않음을 명심해서 걸어라. 사람들은 상처로부터 복구되어야
하며, 낡은 것으로부터 새로워져야 하며, 병으로부터 회복되어야 하
고, 무지함으로부터 교화되어야 한다. 또 고통으로부터 구원받아야
하고, 결코 누구도 버려져서는 안 된다. 기억하라, 만일 도움의 손이
필요하다는 사실을 깨닫는다면 너의 팔 끝에 있는 손을 사용하라.
나이들면 우리의 손이 왜 두 개인지 알게 된다. 한 손은 나 자신을
위한 손이고 다른 한 손은 다른 사람을 돕는 손이라는 사실을……"

오드리 헵번은 〈티파니에서 아침을〉이라는 영화에 출연했던 리즈
시절의 모습보다 말년에 아프리카에서 그곳의 아이들을 위해 봉사하
던 늙고 주름진 얼굴이 더 아름답다. 그녀는 자신도 그렇게 늙어가
고 싶다고 이야기했다.

아내의 일을 위해 기꺼이 자신을 희생하는 남편
:

그녀의 정신적 동지이자 평생 그녀의 든든한 지원자가 되었다는

남편에 대해 물었다. 그녀는 첫마디부터 남편을 매우 존경한다고 했다. 미국 시민권자이고, 미국에서 치과 의사로 살던 남편은 아내 때문에 한국으로 오게 되었다. 10년 넘게 펜팔로 사랑을 키운 두 사람은 서로에 대한 뜨거운 신뢰를 가지고 있었다.

1987년 차린 여행사가 2년 만에 목표를 달성하자 그녀는 회사를 직원들에게 맡겨두고 다시 미국으로 건너갔다. 거기서 결혼을 하고, 두 아들을 낳았다. 행복했지만, 다시 돌아오겠다던 직원들과의 약속을 지켜야겠다는 그녀의 뜻을 남편은 미소로 허락해주었다.

그렇게 세 살짜리 큰아들은 그녀가 한국으로 데려오고, 남편은 두 살짜리 작은아이와 2년 정도 미국에서 머물며 가족은 한동안 떨어져 살았다. 그러나 결국 두 사람은 떨어져 사는 것이 좋지 않다는 결론을 내렸고, 남편이 희생해주기로 했다. 남편은 한국에 와서 치과전공의 시험도 다시 봐야 했고, 평생 살던 생활터전도 옮겨야 했지만, 아내를 위해 기꺼이 그렇게 해주었다.

남편은 그녀를 보면 항상 웃어주고 칭찬해주는 사람이다. 항상 그녀에게 힘을 주는 사람이다. 두 아들에 대해서도 마찬가지다. 남편은 늘 아이들을 칭찬하고 용기를 주고 말없는 미소로 응원해준다.

스물다섯, 자신의 선택을 책임지기엔 충분하지 않은 나이 :

까칠하기로 둘째가라면 서러웠던 그녀는 남편을 만나고 정말 많이 바뀌었다. 예전 같았으면 온통 그녀가 지적해야 할 거리들로 가득 찬

일들도 이제 웃어넘길 줄 알게 되었다.

　스물다섯의 나이에 혈혈단신 한국에 와 치열하게 살았던 그녀였다. 이제 와 생각해보니, 스물다섯은 자신의 선택을 온전히 책임지기엔 충분한 나이가 아니었던 것 같다며 그녀는 잠시 말을 멈췄다.

　보아란듯이 아버지를 떠나온 그녀였다. 그랬으니 자신이 얼마나 독기를 품고 날선 모습으로 살았을지 그때는 몰랐는데, 지금 생각해보면 그때의 자신이 측은하고 안쓰럽기도 하다며 그녀는 빙그레 웃었다.

　그녀는 아이들을 키우면서도 혼내고 가르치려 하기보다 무조건 칭찬해주려고 노력했다. 엄마가 바빠서 오랜 시간 함께 있어주지도 못하는데 가르치고 혼내기만 해서는 안 되겠다는 생각이 들었고, 무엇보다 남편의 인자함을 닮고 싶었다. 결국 남편의 인자함이 언제 어디에서나 그녀에게 가장 큰 힘이 된다는 것을 그녀 자신이 몸소 느꼈기 때문이다. 남편이 없었다면 그녀도 없었다.

　엄마 왜 안 나가? 엄마는 나가서 일해야지!
　:

　그녀는 자신이 꿈을 위해 오늘날까지 달려올 수 있었던 것은 가족들의 이해와 희생 때문이었다고 단언했다. 엄마의 꿈을 이해하고, 당연하게 여겨주고, 각자 자기 일들은 자기가 알아서 해주었기 때문에 그녀가 마음 편히 일할 수 있었던 것이다.

　아이들은 어릴 때도 주말에 그녀가 집에 있으면 "엄마 왜 안 나가?

엄마는 나가서 일해야지!"라고 말할 정도였다. 엄마가 없어도 늘 아빠가 곁에 있어주었기 때문이기도 하고, 그녀가 일하면서 늘 행복해하는 모습을 아이들도 느꼈던 것이다.

일하는 엄마들은 자신의 일에서 아무리 큰 성취감을 맛보게 되더라도 가족과 늘 함께 있어주지 못하는 미안함에 늘 죄책감 같은 걸 안고 살아간다. 그래서 워킹맘들을 만나서 얘기를 나누다보면 특히 아이들과 함께 있는 시간에 대한 자신만의 원칙들, 노하우들이 다양하다.

나는 주말에는 가급적 일을 하지 않고 아이와 놀아주려 노력하고, 아무리 피곤해도 집에 들어가기 전, 집 앞에서 크게 심호흡 한번 하며 최선을 다해 아이와 놀아줘야겠다고 스스로에게 꼭 다짐을 하고 집에 들어간다. 몸과 마음이 너무 피곤할 때는 별생각 없이 집에 얼른 들어가서 빨리 쉬고 싶다는 생각 때문에 아이도 나도 더 힘들어진 적이 한두 번이 아니기 때문이다. 종일 일하고 지친 몸으로 집에 들어가지만, 집에서 내내 엄마가 들어오기만을 기다린 아이를 생각하면서 나는 집 앞에서 젖 먹던 힘까지 끌어내 아이와 칼싸움, 총싸움 다 해주고 장렬하게 전사한다. 아이가 잠들고 나면 초주검이 된 나 자신을 발견하지만, 행복하게 잠든 아이를 보면 몸에 기운은 하나 없어도 마음은 충만해지는 것을 느끼니 나도 엄마이긴 엄마인가 보다.

그녀는 그들 부부가 늘 생활 속에서 기부를 실천해왔기 때문에 장성한 두 아들 역시 나눔과 기부를 당연한 것으로 받아들인다고 이야기를 이어갔다. 기쁜 일이 있거나 좋은 일이 생기면 남과 나눌 것부터 생각하고, 자신이 하는 일의 목적과 의미를 타인에게 미치는 순기능으로부터 찾을 줄 아는 것이다. 고등학교 시절 기숙사에서 라면을 팔아 졸업할 때 그동안의 수익금 5천 달러를 학교에 기부하기도 하고, 대학 때는 인턴사원을 하며 번 돈 200만 원을 아프리카에 자전거를 사서 보내는 데 보태기도 했다. 좋아하는 일, 하고 싶은 일에는 늘 이 일을 함으로써 다른 사람과 함께 무언가를 나누고 싶다는 마음이 자리잡고 있는 두 아이가 그녀는 그저 고맙고 사랑스럽다.

우리 아들 역시 손님이 집에 왔다 가실 때면 집에 있는 물건 뭐라도 들고 나와 가져가시라고 한다. 처음엔 자기가 쓰던 걸 들고 나와 가져가시라고 해서 손님도 나도 당황했는데, 엄마나 할머니가 평소에 하던 걸 보고 따라 하는 아이가 대견하면서도 신기했다. 역시 아이에게 부모가 생활에서 보여주는 모습만큼 큰 가르침은 없나보다.

여자들을 위한 신의 직장
:

그녀의 회사는 여성 직원이 80%에 달할 만큼 여자들이 많고, 근무조건도 여자들에게 최상이다. 출산휴가는 물론 육아휴직도 2년을 붙여서 쓸 수 있고, '3+1'제도를 두어 3년을 다닌 우수사원에 한해 1년 치 연봉을 추가로 준다. 여행업이 박봉에 이직률도 높은 직업군이라 쉽게 돈을 모으지 못하는 직원들의 형편을 생각해 근속하는 직원에게 목돈을 주고, 직원들의 삶이 조금이라도 여유로워질 수 있기를 바라는 그녀의 마음이 전해진다. 게다가 여자가 편하게 일할 수 있는 직장이라니 꿈같은 얘기다.

여행업으로 크게 성공한 그녀는 SM C&C의 사장이 되면서 한류 콘텐츠를 널리 알리는 일에도 적극적으로 나서고 있다. VIP 전문 기업 여행업을 해온 그녀는 현재 SM엔터테인먼트와 함께 K팝을 좀더 널리 알리는 대형 행사를 구상하고 진행하고 있다. 또 국내에 100% 맞춤여행, 프리미엄급 여행의 기준을 제시하려 노력하고 있다. 여행업에서 종합 문화기업으로 변모하고 있는 그녀의 회사가 성장할수록 더 많은 사람이 행복해질 것이 분명하다. 열심히 벌어서 행복하게 나눌 줄 아는 그녀이니 말이다.

그녀의 회사는 여성 직원이 80%에 달할 만큼
여자들이 많고, 근무조건도 여자들에게 최상이다.
출산휴가는 물론 육아휴직도 2년을 붙여서 쓸 수 있고,
'3+1'제도를 두어 3년을 다닌 우수사원에 한해
1년 치 연봉을 추가로 준다.

여행업이 박봉에 이직률도 높은 직업군이라
쉽게 돈을 모으지 못하는 직원들의 형편을 생각해
근속하는 직원에게 목돈을 주고,
직원들의 삶이 조금이라도
여유로워질 수 있기를 바라는 그녀의 마음이 전해진다.

두 사람의
천재를 사랑한
그녀, 별이 되다

사랑으로 모든 것을 극복하고 완성한 엄마_
환기미술관 설립자 **김향안**

Kim hyang an

　　내가 김환기 선생님의 그림을 처음 본 것은 환기미술관에서 열린 '어디서 무엇이 되어 다시 만나랴'라는 전시에서였다. 푸른색을 묽게 풀어 점점이 찍어간 그의 그림에는 보고 싶은 얼굴이 있고, 깊고 깊은 인연의 얼굴들이 있다. 사랑하는 사람들과 그 많은 인연에 대한 마음이 느껴지는 듯해서 나는 그 그림에 큰 감명을 받았다.

　　그의 이름을 건 미술관 입구에는 트렌치코트를 멋있게 걸친 키 큰 김환기와 그 옆에 팔짱을 끼고 서 있는 작고 세련되어 보이는 그의 아내 김향안 여사의 사진이 있다. 사재를 털어 남편의 이름으로 미술관을 설립했던 그 자그마한 여자 김향안에게 내 시선이 멈췄다. 이미 세상에 없는 그녀와의 교감은 더 오래전 우리들의 어머니, 그러나 힘든 여건에서도 누구보다 강인하고 누구보다 적극적으로 살

아온 한 사람의 여성으로서 내게 깊은 울림과 깨달음을 주기에 충분했다.

죽어가는 남자와 결혼하다
:

김향안의 본명은 변동림이다. 그녀는 당시로서는 드물게 이화여대 영문과를 다닌 신여성이었고, 수필가이자 미술평론가였다. 그녀의 첫 남편은 천재작가 이상이었다. 그러나 이상은 그녀와 겨우 3개월을 살고 홀로 일본으로 떠났고, 떠난 지 6개월 만인 1937년, 28세의 젊은 나이에 폐병으로 요절했다. 그의 임종을 지킨 건 아내 변동림이었다. 그녀의 나이 그때 겨우 21세였다.

변동림이 이상과 결혼할 무렵, 이상의 건강은 극도로 나빠진 상태였다. 변동림이 살날이 얼마 남지 않은 이상과 결혼하겠다고 나서자 모두 반대했지만, 그녀는 결국 이상의 아내가 되었다. 변동림은 후에 어떤 글에서 "그는 가장 천재적인 황홀한 일생을 마쳤다. 그가 살다 간 27년은 천재가 완성되어 소멸되는 충분한 시간이다"라고 이상의 삶을 회고하기도 했다.

이상은 변동림을 보고 한눈에 사랑을 느꼈다. 이상의 소설 「단발」 「실화」「동해」「종생기」 등에 변동림의 이야기가 나온다. 두 사람은 허름한 셋집에서 신혼살림을 차렸고, 햇빛도 제대로 들어오지 않는 어두컴컴한 셋방에서 이상은 하루종일 누워 지냈다. 이상의 폐결핵은 점점 더 깊어갔다. 변동림은 이상의 약값과 생활비를 벌기 위해 일을 했고, 일본으로 떠난 남편이 돌아오기만을 간절히 바랐으나 이상은 타국 땅에서 죽어가고 있었다.

전처의 자식이 셋이든 열이든 잘 교육시키면 될 일
:

그녀가 김환기를 만난 것은 이상과 사별하고 7년 후의 일이다. 당시 김환기는 어린 나이에 결혼해서 딸 셋을 두었고, 아내와는 헤어진 상태였다. 첫 만남에서 김향안에게 사랑을 느낀 김환기는 그런 자신의 처지 때문에 그녀에게 오랫동안 편지만 보내야 했고, 더 다가설 수 없었다. 김향안의 수필집 『월하의 마음』에는 그때의 상황이 자세히 그려져 있다.

당시는 김환기의 아버지가 막 돌아가신 상태였다. 돌아가신 아버지의 금고에는 소작인들의 빚문서만 가득했다고 한다. 김환기는 자신은 유산 같은 건 싫다며 소작인들에게 빚문서를 모두 돌려줘버리고 빈털터리가 되었다. 하지만 이미 김환기를 사랑하게 된 그녀는 전처의 자식이 셋이든 열이든 잘 교육시키면 될 일 아니냐고 호언을 하며 섬에 내려가 홀로 남으신 그의 어머니와 세 딸들을 데려다 가족이 된다. 당시 그녀의 나이 28세였다.

훗날 그녀는 결혼 당시의 심경을 이렇게 적었다.

"우리 결혼의 모토는 곱게 살자는 것이었다. 우리는 아름답게 살자고 맹세했다."

주위 사람들이 하나같이 그녀를 말렸지만, 이번에도 소용없었다.

그녀는 자신의 결혼을 반대하는 변씨 집안과는 인연을 끊겠다며 이름을 김향안으로 바꾸기까지 했다. 그러나 화가인 남편은 생활에 무능했고, 노모와 아이 셋을 거둬 먹이는 것은 모두 그녀의 차지였다.

그녀는 이상에게서도, 김환기에게서도 천재적 예술성을 알아봤을 터였다. 그리고 진심에서 우러나서, 그들이 예술혼을 펼쳐나가도록 돕고자 하는 마음이 컸을 것이다. 온갖 악조건 속에서도 여성으로서 험난한 길을 마다하지 않은 그녀의 열정은 감히 따라갈 엄두가 나지 않는다.

사실 나는 예전부터 갓 데뷔한 신인후배들에게 유난히 눈길이 갔다. 인성이와 〈뉴논스톱〉을 할 때도 그랬고, 진혁이가 배우로 데뷔하기 전부터도 나는 유독 열심히 하는 그들의 열정과 바른 품성에 감동하며 그들이 스타로서 대성하리라 확신했다. 그러나 별은 하루아침에 만들어지지 않는다. 수억 년의 시간과 뜨거운 인내의 고통이 필요한 것이다. 그들이 좌절할수록 나는 더 열심히 응원했고, 그렇게 그들은 스타가 되었다. 신인이었던 수영이나 나라와도 그렇게 가족 같은 친구가 되고 언니가 되었다. 그리고 그들의 시작과 고통, 온갖 희열과 좌절을 함께하며 우리는 서로에게 그 많은 별 중 나를 바라보는 단 하나의 별이 되었다.

잠자는 시간 빼고는 하루종일 그림 그리는 남편
:

1940년대는 어려운 시대였고, 모두 가난했다. 하지만 그녀는 어떻게 해서든 남편의 캔버스와 물감을 댔고, 가족들을 먹이고 공부시켰다.

그녀의 천재를 보는 안목은 정확했던 것 같다. 이상과 김환기, 두 천재를 알아본 눈이니 말이다. 하지만 내가 더 궁금했던 것은 그녀의 무엇이 두 천재로 하여금 그녀를 사랑하게 했는가였다. 아마도 한결같이 지지해주고 응원해주는 그녀의 마음 때문이었으리라.

그녀의 뒷바라지 때문이었는지, 김환기는 화가로서 명성을 얻기 시작했다. 그의 그림은 각종 미술전에서 수상했고, 그는 서울대학교와 홍익대학교에서 교수로 재직하며 10여 년간 후학을 양성하고 그림 그리는 일에 매진했다. 그리고 1956년, 교수로서의 안정된 생활을 뒤로하고 그는 돌연 프랑스로 떠난다. 프랑스로 가서 국제무대에서 자신의 화가로서의 위치를 확인하고 싶다는 남편의 말에 그녀는 두말없이 먼저 프랑스로 가 남편이 그림 그릴 수 있는 아틀리에를 마련해놓고, 자신이 일할 곳도 구해놓은 후에 남편을 부른다.

김환기는 그곳에서 아침부터 밤까지, 잠자는 시간을 빼고는 하루 종일 그림을 그렸다고 한다. 파리에서 피카소, 루오 등 거장들의 작품을 접한 그는 당시를 이렇게 회고했다.

"예술이란 강렬한 민족의 노래인 것 같다. 나는 우리나라를 떠나봄으로써 더 많은 우리나라를 알았고, 그것을 표현했으며 또 생각했다."

"아침 9시에서 자정이 넘도록 죽느냐 사느냐 하는 심경으로 날이 면 날마다 붓을 들어왔다. 앞이 캄캄해서 지척이 안 보이는 절벽에 서서 붓을 드는 심경―이것은 몸소 체험하지 않고는 모를 일이다."

1940년대는 어려운 시대였고, 모두 가난했다.
하지만 그녀는 어떻게 해서든 남편의 캔버스와 물감을 댔고,
가족들을 먹이고 공부시켰다.
그녀의 천재를 보는 안목은 정확했던 것 같다.
이상과 김환기, 두 천재를 알아본 눈이니 말이다.
하지만 내가 더 궁금했던 것은 그녀의 무엇이
두 천재로 하여금 그녀를 사랑하게 했는가였다.
아마도 한결같이 지지해주고 응원해주는
그녀의 마음 때문이었으리라.

그 시절, 남편 김환기에 대해 김향안은 이렇게 적고 있다.

"아침에 눈을 뜨면 화포 앞에 달려가고, 식탁에 앉아서도 화제는 그림이다. (…) 그림 이외의 화제는 이야기해도 귀에 담지 않으니 아예 하려 하지도 않는다. (…) 그림을 그리는 일은 중노동이어서 영양을 섭취해야 한다. (…) 별일이 있어도 고기가 든 맛있는 메뉴를 짜야 하기에 장을 봐가지고 들어온다. (…) 나는 좋은 음악이나 틀어주고 화실에서 나와 또 내 시간을 갖는다."

희한한 것은, 그녀가 전처의 자식이 있는 남자를 만나 그 아이들을 키우고 시어머니를 수발하고 남편이 그림에만 몰두하게 하기 위해 자신의 모든 것을 바쳤다는 이야기 중 어느 한 대목에서도 힘들었지만 불행했다는 이야기는 없다는 점이다. 단 한순간도 그만두거나 포기하고 싶었던 적조차 없다는 거였다. 어떻게 그럴 수 있었을까. 어쩔 수 없이 하는 희생이 아니라 기꺼이 하는 지지, 응원이라는 사실이 그녀를 그렇게 만든 것인지도 모른다. 상황은 모든 것이 너무 열악하고 쉬운 것이 하나도 없었지만, 그녀는 늘 활기찼고 자진해서 나섰으며, 결코 후회하거나 두려워하지 않았다는 것에 큰 경외감을 느낀다. 그러면서 스스로를 반성해본다. 나는 나를 위해서, 또는 내가 응원하는 사람들을 위해 하는 일에서 때론 주춤하고 나약해지지 않았던가.

어디서 무엇이 되어 다시 만나랴
:

파리에서도 두각을 나타낸 김환기는 51세가 되던 해 다시 뉴욕행을 강행한다. 그는 1963년, 상파울루 비엔날레에 한국 대표로 참가하여 회화 부문 명예상을 수상하지만, 대상을 받은 아돌프 고틀립의 작품을 보면서 새롭게 현대미술의 중심지로 떠오르는 뉴욕에서 또다른 도전을 시작하기로 결심한다.

아무 연고도 없이 간단한 그림도구와 몇 가지 짐만 챙긴 채 뉴욕에 도착한 그의 곁에는 역시 그의 아내 김향안이 있었다. 당시 뉴욕에서는 제2차세계대전 이후 순수예술의 권위가 무너지고 앤디 워홀 등 팝아트가 유행하고 있었다.

김환기는 난생처음 뉴욕에서 육체노동을 하고, 공장에서 그림을 그리며 아내 김향안과 함께 어렵게 생계를 이어나갔다. 그러면서도 열심히 그림을 그렸고, 그곳에서 〈어디서 무엇이 되어 다시 만나랴〉를 완성했다.

그의 작업은 아침부터 저녁까지 하루 열 시간 이상 계속되었다. 그러다 고질병인 목디스크 수술을 위해 잠깐 입원한 병원에서 영원히 생을 마감하게 된다. 피카소와 동시대를 살며, 피카소를 일컬어 자신의 강적이라고 표현했던 김환기는 그렇게 피카소 사망 이듬해인 1974년, 62세의 나이에 머나먼 타국 땅에서 뇌출혈로 세상을 떠났다.

남편의 사후에 남편을 완성하다
:

김향안은 남편과의 사별 후 그가 죽기 직전까지 왕성하게 그렸던 그림을 모두 싸들고 고국으로 돌아왔다. 그리고 남편이 살아생전 사랑했던 성북동의 '수향산방'과 유사한 환경인 지금의 부암동 산기슭에 남편의 유작과 유품을 모아 남편의 이름을 딴 '환기미술관'을 설립했다. 이로써 환기미술관은 개인이 사비로 설립한 우리나라 최초의 미술관 중 하나가 되었다.

환기미술관의 설계는 뉴욕에서 김환기와 친분을 쌓았던 건축가 우규승이 맡았고, 김환기의 아내 김향안은 환기미술관을 지으면서 바닥에 까는 마루 한 쪽까지 환기의 그림에 느낌과 결을 맞추려고 애썼다.

김향안은 1992년, 환기미술관을 설립하면서 다음과 같은 글을 남겼다.

"아무리 아름다운 집을 지었어도 미술관에 담겨진 내용이 빈약하여 관람자에게 아무런 감동을 주지 못할 때, 미술관은 아무것도 아니다. 미술관을 돌아보고 나오는 사람들에게 크고 깊은 감동을 느끼게 할 수 있는 예술작품이 있어야 한다."

그녀의 바람은 이루어졌다. 적어도 나에게는 말이다. 김환기에 대해 전혀 알지 못하던 내가 미술관에서 본 그림과 그녀의 글들로 큰 감동을 얻었으니 말이다. 그녀의 남편, 아니 화가 김환기에 대한 인정과 믿음, 자부심과 사랑은 나를 감동시키기에 충분했고, 더 많은 사람들이 나와 같은 감동을 느끼게 하는 데 도움이 되고자 나는 기꺼이 '도슨트(안내자)'를 자청했다.

살기 바빠, 혹은 사는 게 힘들어, 시간 내기가 어려워, 미술관을 갈 마음을 먹지 못하는 많은 사람들을 위해 나는 '찾아가는 미술관'

'함께 가는 미술관' 프로젝트에 동참하고 있다. '소통과 치유'를 주제로 하는 환기미술관의 전시를 불우한 어린이들이나 한글학교를 다니는 어머니들, 미혼모들과 함께하며 나는 내가 더 큰 위로와 감동을 받곤 한다.

생전 처음 미술관이라는 곳을 와본다는 어머님들, 태어나서 처음으로 연예인을 직접 본다는 아이들, 아직은 세상이 두려운 미혼모들. 그 모든 사람들과 작가들이 전하고자 하는 소통과 치유의 메시지에 대해 쉬운 말로 편안하게 이야기를 나누면서 나는 우리 삶에 예술이 필요한 이유와 정답이나 점수, 등급을 매길 수 없는 예술의 매력을 한껏 느낄 수 있었다. 나는 내가 마치 김향안 여사가 된 듯 미술관 구석구석을 다니며 사람들과 이야기 나누고 '그냥 좋고 괜히 멋진' 예술작품을 함께 바라보며 그 시간과 공간을 공유하는 것만으로도 행복해진다.

희생보다는 지지를, 걱정보다는 믿음을
:

김환기라는 화가를 전 세계적인 작가로 만들고 그가 죽은 후에도 후세가 그의 그림을 기억하도록 죽는 날까지, 죽어서도, 남편의 예술세계를 지키고 완성했던 아내, 김향안. 그녀가 아니었으면, 오늘날 세계가 사랑하는 한국의 화가 김환기도 없었을 것이다.

나는 김향안 여사의 사람을 보는 눈과 자신이 인정한 사람을 지지하기 위해 어떤 장애물도 개의치 않는 그녀의 용기가 참으로 놀라

김환기라는 화가를 전 세계적인 작가로 만들고
그가 죽은 후에도 후세가 그의 그림을 기억하도록
죽는 날까지, 죽어서도,
남편의 예술세계를 지키고 완성했던

아내, 김향안.
그녀가 아니었으면,
오늘날 세계가 사랑하는
한국의 화가 김환기도 없었을 것이다.

웠다.

그녀는 분명 희생적이지만, '희생스러워' 보이지 않는다. 무조건적인 희생이 아니라 강한 믿음에서 우러나는 충성스러운 '지지'이기 때문이다.

나는 그동안 많은 엄마들을 만났고, 지금도 매일 이 땅의 엄마들을 만나고 있다. 사연이야 제각각 다르겠지만, 그녀들은 하나같이 가정과 일, 나와 가정, 남편과 나, 나와 아이, 나와 엄마, 시어머니와 나 사이에서 적정선을 찾고, 다 같이 행복할 수 있는 길을 삶의 매 순간 고민하고 있다. 엄마는 희생해야 하는가, 엄마만 참으면 되는가, 내가 행복해야 가정이 행복한가, 가정이 행복하면 나도 행복한가, 꼭 그렇게 살아야 되는 건가, 치열하게 고민하고 나름의 답을 찾으려고 고군분투하고 있는 것이다.

아직 나도 정답을 알 수 없다. 하지만 나는 많은 엄마들과의 대화를 통해, 그래도 희생보다는 지지를, 걱정보다는 믿음을, 양보보다는 배려를, 우리가 '선택'할 수 있으면 좋겠다고 생각했다. 그리고 나 역시 끝까지 언제나 믿어주는 사람으로, 저마다 가진 보석 같은 무언가를 알아봐주고, 각자 그로 인해 빛날 수 있도록 지지하고 응원해주는 사람으로서, 항상 우리 엄마들의 곁에, 세상 모든 이들의 곁에 오래오래 있고 싶다는 생각을 했다. 엄마는, 아내는, 여자는 존재 자체만으로도 위대하다.

엄마도
끝이 있단다

엄마의 꿈

박경림이 만난 꿈꾸는 엄마들

ⓒ박경림 2014

1판 1쇄 2014년 12월 22일
1판 4쇄 2015년 4월 15일

지은이 박경림 | 펴낸이 강병선

기획·책임편집 이연실 | 편집 고선향 | 독자모니터 전혜진 | 디자인 김선미
마케팅 방미연 우영희 김은지 | 홍보 김희숙 김상만 한수진 이천희
제작 강신은 김동욱 임현식 | 제작처 영신사

펴낸곳 (주)문학동네
출판등록 1993년 10월 22일 제406-2003-000045호
주소 413-120 경기도 파주시 회동길 216
전자우편 editor@munhak.com | 대표전화 031) 955-8888 | 팩스 031) 955-8855
문의전화 031) 955-8889(마케팅), 031) 955-2651(편집)
문학동네카페 http://cafe.naver.com/mhdn | 트위터 @munhakdongne

ISBN 978-89-546-3413-7 03810

www.munhak.com